沖田正午

おれは百歳、あたしも百歳

実業之日本社

目次

目次・本文イラスト　下杉正子

第一話　百百百介護はつらいよ

一

不老不死こそ、人類の夢である。

西暦2049年、元号が令和と変わってから三十年が経つ。
三月は中ごろを過ぎてはいるも、外はまだ春の到来を告げていない。前々日から降り出した雪は、早朝になってようやく止んだが、関東の平野部でも50cmの積雪をもたらしていた。偏西風の蛇行で、北極からの、マイナス50℃の寒気が日本列島をスッポリと覆う。三月になっての、関東での大雪は珍しくない。日本の冬と夏は、三十年前よりもさらに極端に長くなっている。逆に、春と秋を感じさせる季節は、あっという間に過ぎ去っていく。かつての異常気象が、もはや異常とはいえぬ時代となっていた。

〈──おはようございます。朝七時になりましたので、起床のお時間です。今朝の体温は36度3分。血圧は上が138、下が87でした。朝食は、塩分を控え目にしてくださいね。脈拍は115でちょっと不整脈があるかもしれません。ご注意してください。睡眠中の呼吸に、異常はございませんでした。血糖値は問題ありません。膀胱(ぼうこう)の貯尿量は80%です〉

希望の時間にセットしておくと、さらに機能が進化した『快適健康　お目覚めベッド』のセンサーが作動し、優しいナースの声で眠りを覚ましてくれる。不老不死を望む超高齢老人にとって、健康管理をしてくれる寝具は、今や必須アイテムである。

この朝七時ちょうどに、桜田任三郎(さくらだにんざぶろう)は快適な朝を迎えていた。『快適健康　お目覚めベッド』のナースの声で目を覚ますと、ゆっくりとベッドから立ち上がった。両腕を閉じ開きして、足腰を上下させるスクワットを十回ほどおこなう。軽いストレッチで、一日をはじめるのが任三郎のルーティンであった。

二階の部屋のカーテンを開けると、軒に雪が積もっている。

外の、一面の銀世界を見て、任三郎はうんざりするような呟(つぶや)きを漏らした。

「……だいぶ降ったな」

昭和二十四年（１９４９）の十月生まれというから、任三郎は九十九歳。十月の誕生日を迎えたら、大台の百歳となる高齢者である。

その年に生まれた子供が何歳まで生きられるかとされる、日本人の平均寿命は三十年前の予測とは大きく外れ、前年の統計では女百十七歳、男百十歳にまで達していた。平均寿命統計グラフを見れば、急勾配の右肩上がりである。百歳超えは、もう珍しくはない。男女の平均年齢差はさらに広がり、女性の生命力の強さは勢いを増していた。

二十一世紀も半ばとなり、日本は超を遥かに超した長寿社会となった。世の中はまさに不老不死、いや『負老不死』の時代である。〈――老いを負ってなおも死ねず〉と、皮肉の意味を込めた創作用語が、昨年の新語・流行語大賞にノミネートされていた。

百歳以上の超高齢者数は、三十年前の七万人に対し、すでに二百万人を超えている。これも、三十年前の予測を遥かに超えた数字である。八十歳を超した人の合計も、ゆうに二千万人にまで達している。いっとき九千万人近くまで減っていた全人口も、超長寿といく度かのベビーブームの到来があって、一億人にまで回復していた。しかし、七十歳以上となるとさらに四百万人増え、人口の25%近くを占めるほどとなっていた。つまり、およそ四人に一人が七十歳以上となる計算だ。人口比率を図にすると、まさに原爆投下後にできた『きのこ雲』を連想させる。なんとも不気味な図だ。

同居する母親の千代子(ちよこ)はまだ存命で、百三十六歳の超が二つほどつく高齢者である。さすがにこの年齢になると、痴呆(ちほう)は進み足腰は利かなくなって寝たきりである。

「かあちゃん、今朝の具合はどうだい?」

朝起きると、隣室に寝ている母親に、任三郎は必ず声をかける。もの心がついたときから、任三郎の『かあちゃん』という母親への呼び方は変わってはいない。

「どちらさんか存ぜませんが、ご親切に……」

歯が全部抜け落ちた口から、必ずその一言が返る。

「どういたしまして」

頭の衰えも仕方がないと、任三郎も皺を増やして笑顔で答える。

母千代子の日ごろの世話は、任三郎より一歳年上の妻である伴子がおこなっている。食事から下の世話まで、千代子が寝たきりになってからの十五年、ずっと献身的な妻であった。だが、その伴子もすでに百歳を超えている。「――お義母さんの面倒も、しんどくなったわ」と、ときどき愚痴をこぼす。百歳が百歳の面倒を見る『百百介護』という言葉は、今では当たり前として世間では流布されていた。

「かあちゃん、ゆっくりと寝てな」

「ごくろうさまで……」

母親の返事を聞いて、任三郎は部屋から出る。千代子も『快適健康　お目覚めベッド』に寝ている。だが、センサーのセットは別バージョンにしてある。寝たきり介護用のベッドはランクが上で、さらに優れた機能がついている。千代子の身に異常があったら異常センサーが働き、すぐに家人に報せてくれるシステムが組み込まれている。だから、一日中傍にいて付き添うことはない。

九十九歳になるも、任三郎は手すりを使わず階段の上り下りができる。家族は、危ないから一階で寝起きしろというが、まったく聞く耳を持つものではない。それどころか、年齢を加えるにつけどんどん頑固になってきているのを自分でも認識している。

階下に下り、洗面所にてまずは歯を磨く。九十九歳にして、上下の歯は揃っている。しかし、自分の歯はすでに一本もない。歯科技術が発達し格段と安価になったインプラントに、健康保険が適用されるようになったのは八年前。任三郎は、歯茎が健康のうちにと総入れ替えしてあった。三十歳は若返って見えると、任三郎はご満悦である。しかし、前歯から奥歯まで真っ白な歯が、むしろ老顔には合わず、他人から見ればなんとも奇怪に見える。

冷たい水で顔を洗いさっぱりとしてから、禿頭に育毛ローションをかけてのマッサージも怠らない。「……希望を持つことはいいことだ」と、呟きながらせっせと頭皮を揉む。

階下で寝起きする妻の伴子が、任三郎の食事の仕度をしている。

「今朝は血圧が少し高いから塩分は控え目にしろと、ベッドから言われた」

任三郎が背後から声をかけると、伴子の顔が向いた。

当世の百歳女は、顔の手入れに余念がない。美顔エステの技術進歩もあって、三十歳ほどは若返ることができる。伴子も若さを保ちたいと、少々金がかかるが、そこは家計のやり繰りをしながらも美顔エステに通っている。なので、顔容姿だけを見ると、他人からは七十代と間違えられる。それに伴子は、ご満悦である。だが、さすがに百歳を超すと、足腰の弱まりまではなんともしがたい。

「それで、ベッドはいくつと言ってた？」

伴子が、いつもの調子で問うた。

「上が138で、下が87だと」

「たいして高くないじゃないの。あんたの齢ならむしろ低いほうだよ」

「ベッドは、大げさだからな」

と苦笑いするのが、この夫婦の朝の日課であった。

朝のインスタントコーヒーは、任三郎の必須である。

森林伐採によるコーヒー豆の不足によって、今やレギュラーコーヒーは高嶺の花である。とても庶民には手が出る代物ではなくなっていた。しかし、技術の発達は日進月歩。コーヒー豆に代わる素材が開発されて、まったく味と香りに本物と遜色ないコーヒーもどきが売られていた。

「奴らはまだ、起きてこないのか？」

大きなダイニングテーブルの周りには、椅子が八脚置かれている。その中ほどに座り、コーヒーもどきを啜りながら任三郎が伴子に問うた。奴らというのは、任三郎たちの倅夫婦である。

「きょうは雪でもって出勤できないようだから、二人ともお休みなんでしょ」

長男太一郎は、二月までS市役所の本庁舎に勤めていたが、七十歳となって、市の出先機関である出張所に異動となった。

昨年の暮、三十年ぶりに高年齢者雇用安定法が改正され、十年雇用期間が延長されることになり、人は八十歳まで働けるようになった。そのため、シルバー人材センターがゴールド人材センターと名を変え、高齢者雇用安定に向けてフル稼動している。

太一郎は、さっそくその法改正の網に引っかかったのである。十年延長の定年まで勤め上げないと、退職金は半額となるため、仕方なく制度に従うことにしたのであった。

太一郎の妻は、美砂代という。この年六十六歳になり、近在のスーパーマーケットで正社員として働いている。

国会は三年前、一億総現役を目指した政府の方針に従いパート、アルバイトなどの不定期雇用を禁止し、全て正社員として雇う法案を可決した。それは、二年前に施行され実行に移されている。例外として、学生の雇用はアルバイト契約として許されている。雇用者に対して横柄、横暴なブラック企業を壊滅させ、労働者の身分を法律で保護するための趣旨であった。おかげで美砂代も、大手を振って八十歳まで働ける。逆にとれば、八十歳まで働かされるというべきか。

任三郎が、コーヒーもどきを飲み終えたところであった。

「おい、どうして起こしてくれなかった」

大声を出して、太一郎がダイニングへと入ってきた。遅刻をしてしまうと、ネクタイを結びながら怒鳴り声を上げている。

「きょうは雪が積もって、休みだと思ってた。だけど、七十にもなって親に起こされる馬鹿がどこにいる。だいたい、てめえのかみさんはどうした？」

売り言葉に買い言葉で、任三郎の口調も荒くなる。

「ごめんなさい、お義父（とう）さま……」

そこに、真っ赤な口紅を塗った美砂代が入ってきた。美容整形やエステのおかげで、七十歳近くになるも美砂代の顔に皺一つなく、三十年前の四十代に匹敵する若さが保たれている。

「きょう、大事な会議があるのです」

パートタイマーから正社員雇用となって、美砂代は張り切っている。

「それはいいとしてだな、自分の亭主の……」

「いいから、早く食事をして行きなさい」

任三郎の言葉を途中で止めたのは、伴子であった。自分の亭主のめしぐらい作ってやれと、任三郎は言いたかったがみなまで口にすると、たとえ親族でも女性蔑視のセクハラだと訴えられかねない。たったそんな一言で裁判沙汰となり、敗訴する例は枚挙にいとまがなかった。

「毎朝すみません、お義母さま。本当に助かります」

と言葉丁寧に言って、美砂代は自分の定位置に腰を掛けた。すでに目の前には、朝食が並べられている。ちなみに、朝食メニューの中で料理と言えるものは一品もない。フリーズドライデリカなる製法がさらに進化し、ほとんどの食品で加工が可能となった。肉料理でも魚料理でも、なんでもお湯で戻すだけでそれなりの風味が味わえる。その美味たるや、昔日の比ではない。昨今では、料理というのは、お湯で溶かすものと思っている子供も多い。

この家には、炊飯器という物がない。適量の熱湯を、米の粒が圧縮されサイコロ状となった固形物の入った茶碗に注ぐだけである。すると一瞬のうちに、湯気の立った温かいご飯に変身をする。

簡単で便利となったが『おふくろの味』というのは、遠い過去の遺物でしかなくなっている。

これらの食品は全て、美砂代が勤めるスーパーマーケットから調達している。その食料品代は美砂代の給料で賄っているので、そんな事情からも、家事においてあまり強くは言えない。

「きょうは雪が積もっているから、早めに出ないと遅れるよ」

百歳が、六十六歳に注意を促す。

「ありがとう、お義母さま。それでは、行ってまいります」

食べ終わった食器をそのままにして、美砂代は立ち上がった。食事の間、隣に座る亭主の太一郎に話しかけるどころか、目もくれようとはしない。かなり、倦怠期が進んでいるようだ。これでは、たった一言でも気に障る言葉があったら、即離婚ともなりかねない。夫婦の会話がなくなり十年になると、太一郎の嘆きを任三郎は以前聞いたことがある。

そそくさと、自分の用事を済ますと美砂代はダイニングをあとにした。

「おまえ、ずいぶんと女房に辛く当たられてるな」

毎朝見せ付けられる光景に、任三郎は我慢しきれずに声をかけた。

「その話はいいから。いけねえ、車を充電させとくの忘れた。往復の分は、間に合うか」

太一郎も時間がないと、そそくさと立ち上がった。

「雪の日は車、気をつけてよ」

「今のタイヤは、どんな凍り道でも滑らないから、おふくろは心配しないでいいよ」

太一郎の勤め先である、S市の出張所までは車で三十分ほどの道のりである。

二

食事を済ますと、任三郎はテーブルの上で新聞を広げる。

「百五歳の老人が、百十歳の老婆を轢(ひ)いたってよ。相変わらず、老人が運転する事故が多いな」

社会面の一片を目にしながら、任三郎は小声で呟いた。そこに——。

「おはようございます、お祖父ちゃんにお祖母ちゃん」

五歳になる曾孫娘の綺宙を抱えてダイニングに入ってきたのは、孫娘の夏美であった。二年前に離婚し、以来一人娘を連れて実家に出戻っている。今や新婚者の、十年以内の離婚率は50％にも達し、二組に一組の夫婦は別れる時代であった。他愛のない一言が取り返しのつかない亀裂を夫婦の間に生み出す。これも治安が良くなりすぎて、事件裁判の仕事の減った弁護士が糊口を凌ぐため、調停に乗り出す工作と世間ではまことしやかに噂されている。

三十三歳になる夏美は、前夫からかなり高額な慰謝料を受け取っている。これも優秀な弁護士のおかげと、人生の不幸に接してもあっけらかんである。

「綺宙ちゃん、おはよ」

キラキラネームの曾孫に向けて、任三郎は愛想笑いを向けた。皺顔の中に、真っ白に浮かぶ歯並びが不気味なのか、綺宙がぐずりはじめた。綺宙の泣き声を聞くと同時に、任三郎はばつ悪そうに新聞紙面で顔を隠した。

「ママ、ゆきだるま……」

「朝ごはんを食べてから、作ろうね」

どうやら孫娘たちは、積もった雪でダルマをこしらえようと約束をしていたらしい。この二人分の朝食の用意も、伴子が賄っている。

「……こんな娘に誰がした？」

と、誰にも聞こえぬほどの声で任三郎が呟く。そこに感謝の念というのが微塵も感じられないのを、任三郎は憂えている。

孫娘と曾孫娘は食事を終えると「ごちそうさま」と言葉を残し、はしゃぐようにして外へと出ていった。

「一緒に遊ばないかと、一言あってもいいのにな」

相手にされない愚痴を、任三郎は伴子に向けて言った。

「誘われても、どうせ断るくせに」

そう言われては身も蓋もない。確かに、誘われたらどう断ろうかと考えていたところである。図星を突かれ、任三郎は苦笑いしながら新聞に目を転じた。

「お義母さんに、朝ごはんを食べさせなくては」

伴子が、二階で寝る千代子の朝食を用意した。サイコロ状の固形物に、平常の三倍のお湯を注げば五分粥となる。しかし、それだけのお湯で戻すと増えすぎて、小鍋一杯の量となってしまう。

千代子が食べられるのは、その三分の一ほどである。余った粥の始末で、このところ任三郎の朝食は、五分粥が主食となっていた。

「こんな流動食では、インプラントにした意味がないな」

軽口を言いながら、お粥を啜る。副食は、梅干一つと漬物があればこと足りる。朝から歯ごたえのあるステーキなんかを食べたいと思うも、そこは健康志向が先に立った。

「もう一人、二階から下りてこんな」

「あの子はなんでも自分でやるから、かまわないでおきましょ」

任三郎が言うもう一人とは、この年の五月一日で誕生日を迎えるもう、一、人の孫のことである。三十歳になるも、定職につかず、普段は自分の部屋に引きこもっている。部屋から出てくるのは、食事のときだけである。それも、みんなと食卓を共にしたことはこの五年の間に一度もない。

「いったい何を考えているのか、薄気味悪いな」

「孫のことを、そんな風に言うんじゃないよ。暴力も振るわず、大人しいもんじゃないかね」

「そうは言ってもなあ、やはり三十にもなって、家でゴロゴロしているというのはいただけんぞ」
「何か言いたいなら、直にでなく、親に言ってあげたら」
いつ豹変するか分からないから、そこは順序を踏んだほうがよいと伴子は言う。
腫れ物に触るように接し、孫を恐れているようだ。つい先だっても、孫にバット
で殴り殺された祖父がいるといった事件が、近所であったばかりである。
「それにしても、翔太が生まれた時は、あれほど騒がれたというのにな」
孫息子の名は翔太という。平成から令和に元号が変わった、２０１９年の五月
一日。午前零時五分に、翔太は産声をあげた。新元号の歓喜が世間で渦巻く中で
の誕生は、すわ令和生まれの第一号かと、マスコミにも大々的に取り上げられた。
どうせなら令和生まれにしようと、嫁の美砂代が我慢をして出産を遅らせ、こ
の世に生まれ出てきた子であった。その時、産婦人科病院にはテレビクルーが何
社か訪れ、『お祖父さまのお気持ちは……?』と、任三郎に心境を語らせたもの
だ。
「あの時、大きく育ち将来羽ばたくよう、翔太と名づけるとインタビューに答え
たが、人ってのは思うようにならんもんだな」
三十年の時を経て、しんみりとした口調の任三郎であった。

「翔ちゃんのことはかまわないでいいから、お義母さんに食事をあげましょ」

お盆の上には、汁茶碗に注がれた五分粥と、小皿にはチューブから絞り取られた練り梅干が添えられている。超高齢者でも、塩気がなければ食べられたものではない。流動食であるが、千代子はこの組み合わせを好んで食べた。

お盆を持ちながらでは、伴子は階段を上がれない。そこは、任三郎がフォローをする。

「このごろ階段が、しんどいねぇ」

最近、階段を上り下りするたび、伴子が口にする。

それについて、先だって話し合ったことがある。

「――もうそろそろ、お義母さんを一階に下ろさない」

と伴子から切り出され、任三郎がうなずいたことがあった。

「そうだな。納戸代わりに使ってる六畳を片づけて、かあちゃんを下におろそうか」

そう答えたものの、超高齢者用介護ベッドはかなりの重量と大きさがある。そのままでは、階段から下ろせない。一度解体し組み立てるのだが、その工程は素人の手に負えない。都合のよい時期を選んで、業者に頼むことにしようと決めていた。

千代子の部屋に入ると、いく分饐(す)えた臭いがする。

窓を開けて、新鮮な空気と入れ替える。外は快晴であったが、雪の上を辿(たど)ってきた風は冷たく肌を刺した。庇(ひさし)の下から、雪だるまを作る、綺宙のはしゃぐ声が聞こえてくる。

コホンと一つ、千代子の咳を聞いて、任三郎は窓を閉めた。

「かあちゃん、朝飯だよ」

大正二年生まれの千代子は昭和、平成、令和と四つの時代を生き抜き、今も存命である。

介護ベッドを少し持ち上げ、体を起こす。

「いつも、ごちそうすまないねえ」

スプーンで粥を食べさせるのは、伴子の役目であった。自分にさせてと、せがんでのことである。

百歳が、百三十六歳の面倒を見る。

――気が強いが、いい妻だ。

こんな光景に触れるたび、任三郎はつくづくと感じていた。

「おいしいかしら？」

「どちらさまか存じませんが、ありがたやありがたや」

手を合わせながら、千代子は目尻から涙を一滴こぼす。

「おいしくて、よかった」

汁茶碗一杯の粥を食べ尽くし、満腹となった千代子は再び横になった。

今の介護ベッドは優れもので、床ずれの心配がまったくなく、寝ていても快適に過ごせる工夫がなされている。千代子が食事のあとの眠りについてから、任三郎と伴子は部屋から出た。排泄(はいせつ)の用事があるときは、ベッドのセンサーが作動して『トイレです　トイレです』と二回急かすように言って、報せてくれることになっている。

ダイニングに戻ると、翔太が一人で黙々と食事を摂(と)っている。

自分の食事は自分で用意するので、昔から手間のかからぬ子であった。

「翔太ちゃん、おはよ」

伴子が声をかけるが、翔太は声を発せず、コクリと頭を下げるだけだ。それでも、何も反応がないよりはましだと、任三郎はそんな態度を咎めはしない。

やがて食事を済ませると、翔太は「ごちそうさま」と、無精髭に隠れている口を小さく動かし、椅子から立ち上がった。そこで一つ感心なのは、自分で食べた食器を自分で片づけるところだ。これは、翔太の両親もしないことである。流しに食べ終えた食器を片づけるも、洗うまではしない。そこまですれば、何も言うことはないのだがと、任三郎は残念に思っている。

結局、一言も会話を交わすことなく、翔太は自分の部屋へと戻っていった。

「ごちそうさまくらい、言っていけばいいのに」

翔太が去ってから、いつも任三郎は憤慨する。

「ちゃんと言ってたよ。食事のあとに、小さな声だけど、たしかに……」

「他人にちゃんと、聞こえるように言わんと、意味がないぞ」

「だったら、自分でそう言ったらどうなんだい」

伴子にたしなめられると、任三郎は黙ってしまう。翔太の、無精髭を生やした面相に、どうしても腰が引けてしまう。いくら意気軒昂でも、倍以上も体重がある相手に怯むのは無理もない。近所の、家庭内暴力が頭をよぎる。

「孫に何も言えないとは、情けない」

そのたびに、自分を卑下する任三郎であった。

四十年前に、三世帯が暮らせるようにと建坪六十坪の家に建て替えた。土地は、S市の落合（おちあい）という場所にもともとあって、費用は上物だけで済ますことができた。その土地は東北・上越新幹線の高架ラインに引っかかり、JRの駅に近い、一等地を代替地として与えられたものだ。

建家のローンも、任三郎と太一郎との力で、十年前に完済している。そんな、屋敷ともいえる大きな家に、今は都合八人が暮らしている。千代子からすれば玄孫（やしゃご）となる綺宙まで、五代が同居する家族であった。

二十年前までは単身世帯数が頂点に達し、老人の孤独死が、深刻な社会問題を引き起こしていた。公団住宅に住む住民たちの、70%以上は、七十歳以上の高齢者世帯が占めていた。高齢の親に高齢の子一人の核家族化も問題であるが、世帯の半分が独り住まいというのはさらに深刻であった。最期は誰にも看取られることもなく、独り静かに亡くなっていくケースが大半であった。

身寄りがまったくない人も、かなりの数に上っていた。そういう環境の人が亡くなった場合、葬儀などは公共の手によっておこなわれる。

中には死後の時間が経ち、惨状といわれるほど、始末に負えない遺体も数多く見られた。その処理のために、地方自治体は多額の予算を投じるようになっていた。国の対策にすべきと、市町村の首長は立ち上がったのがおよそ十五年前である。

政府は巨額の予算を組み込み、対策に乗り出す。まずは、単身世帯と小家族化の解消に本腰を入れはじめた。

子供の産みやすい環境作りと、昔のような大家族化の奨励である。

三世代同居の家族には、家屋増築の補助金助成と所得税、固定資産税などの大減税。そして、四世代同居には、相続税や住民税も免除し、なおかつ『曾孫面倒給付金』と称する予算案も可決した。ようするに曾祖父、曾祖母が曾孫の面倒を見れば、人数に応じた給付をおこなうという制度である。

当時の総選挙において、この公約を打ち出した政党が大勝し政権を確保。マニフェストを、実行に移したのであった。

それから十年後の今では、その対策が功を奏し、分裂した家族がまとまって暮らす、大家族が世の主流となっている。四代、五代に亘っての同居は珍しくなくなっていた。

しかし、大家族としての弊害も出てきている。一つ屋根の下での四世代同居は、上から下まで年齢に百歳の差が生じてくる。それぞれ、生き方が異なれば考え方も異なる。どうしても家屋内で小さな核分裂が起こり、どこの家庭でも悲喜交々の、新たな問題を引き起こしていた。

この桜田家も、そんなテイストが漂う大家族の一軒であった。


それにしても、何故にこれほどの超超長寿社会になったのだろう。

この件に関しては、たびたびテレビのワイドショーにて取り上げられている。

コメンテーターの識者は、したり顔をしてこう語っている。

『――それは、年老いても亡くなる人が少なくなったからですな』

何故に亡くなる人が少なくなったのかと、MCがツッコミを入れると身を乗り出すようにして答える。

『それは、世の中がさらに便利になって、暮らしやすくなったからでしょう』

これが結論だとばかり、頓珍漢な持論を吐いて識者の出番が終わる。横に並ぶ出演者たちも『なるほど』と同調して、これが世論の先端だとふんぞり返っている。

「笑っちまうな、まったく。当たり前のことしか言わんぞ、この大学准教授。そんな意見なら、オレにも言える」

　番組を観ていた任三郎がブツクサ言って、CMを機会にテレビを消した。

　超超長寿社会となった原因を挙げれば諸説あるが、やはり一番は医学の格段の進歩が挙げられる。かつて病死の三大要因とされたのが、悪性新生物といわれる癌。それに続くのが心疾患、そして脳血管疾患となる。だが、今の医療技術でその三大疾患はほぼ克服され、死亡原因としては下位のほうに位置するようになった。とくに癌は、よほどの末期でない限り、ほとんど根治が見込まれる。三十年前は末期とされたステージⅣも、今の時代では手術を施さなくても化学治療で完全寛解を望むことができる。もっとも、それ以前の検査段階で、癌細胞は小さいうちに見つけられ、悪性腫瘍が育たないうちに除去できる。今はまさに、癌は風邪を引いたくらいの病気であって、恐れる人はほとんどいない。

　政府は『未病対策』にも、本腰を入れていた。これは、健康保険では賄いきれないため、予算を軽減するための政策であった。三十年前は、疾病対策といわれ癌医療が対策の中心であったが、今は全ての病気を未然に防ぐために施されている。

病気治療以外で、長寿をもたらすものといえば、健康器具とサプリメントの進化がある。

とりわけ改良進歩がなされた健康器具は、人体の血流を促す『水流圧力式血行促進治療器』なるものである。厚手のゴムマットの中に高圧水流を発生させ、その流れによって全身の血流を促す装置である。三大疾患だけでなく、あらゆる病の元を血液の流れの促進で消滅させ、予防するという医療機器である。この血流促進機器で、重病に陥る人が極端に減った。

三十年ほど前に開発されたもので、当時は百五十万円もする高価なものであった。それが、改良に改良を重ねられ、ほとんどの病に防止効果を発揮する優れものとなった。需要が増えに増えて、価格も驚くほど安くなっている。それでも三十万円はする。低所得者には、手が出せない価格である。そういう人たちのためにメーカーも、モニターと称して一回三十分に限り、水流圧力式血行促進治療器を提供している。そこではインストラクターがつき、効能を説明してくれる。治療器を購入できない家庭は、順番を待ってでもこぞって集まっていた。

もう一方は、飲む長寿法である。

この方法は簡単と、相変わらず人々は、健康増進をサプリメントに頼っている。

医薬部外品であるが『癌消滅！』とか『脳疾患に効果抜群！』などと、直接効能を謳っても、それが薬事法違反ではなくなっている。実際に効果があると認め、国会も法改正に踏み切り、政府がそれを承認した。

そんな薬が薬局ではなく、コンビニエンスストアでも売られ、医師の処方箋がなくても簡単に買える時代となっていた。

テレビの通販でも買えるサプリメントは、効能も格段と進化し、内臓疾患だけでなく、町の整形外科医を悩ますくらいまでになっていた。膝痛や腰痛、関節痛に悩む老人は極端に減り、みな足腰がしっかりとしている。その昔流行ったダーツバーやビリヤード場、カラオケ店などは八十歳を超した老人たちで再び活気を取り戻している。

反面、超超長寿社会は弊害をもたらし、暗い陰を落としもしている。

明るく光が差す個所があれば、反対に暗く陰を落とす個所があるのも世の常である。日本は、未曾有の超超長寿大国となったがそれは、死なくなったではなく、死ねなくなった世の中でもある。

高齢者には、二つの真逆な人種が存在している。内臓や足腰は丈夫になっても、頭脳はそうそう鍛えられるものではない。

町中は、八十歳を超した高齢者たちで溢れている。だが、矍鑠とした健康老人ばかりではない。自分の意思を伴わずに町をさ迷い歩く徘徊老人が、かなりの数で交じっているのも現状であった。

三

桜田富二夫も、迷老札なるものを身に付けた一人であった。

すぐに住まいと名を確認できる迷老札は、徘徊老人が多すぎて超ハイテク社会になっても、有効な身元確認の手段として不可欠なものであった。

この年百五歳になる富二夫は、任三郎のすぐ上の兄である。大家族生活を好まず、両親を任三郎に預け家を出た。上野毛市の愛宕山というところに、百歳になる妻と二人きりで住んでいる。子供を二人もうけたが、両方とも地方都市に落ち着き親の面倒を見ることはないと、以前富二夫はぼやいていた。

典型的な核家族も、大家族が主流の世の中に、まだまだ数多く存在している。

その富二夫が、認知症を患ってから二年ほどが経つ。介護は八十年近く連れ添った桃代という妻がおこなっているが、だんだんと手に負えなくなってきたと、電話で任三郎に嘆きを伝えてきた。

　富二夫に迷老札を付けさせたのは、任三郎の提案であった。


　降った雪も融け、ようやく春が巡ってきたある日のこと——。

　任三郎の腕時計型の携帯受信機に、義姉桃代から着信が入った。

　十年ほど前までは、スマホといわれる携帯電話の端末機があったが、今ではすっかり姿を消し、平べったい板状の物をもっている者は誰もいない。昨今の携帯電話端末は、腕時計型かペンダント型が主流となっていた。携帯端末は通話と音声での会話はもちろん、個人情報から銀行口座までがインプットされ、支払い機能までも兼ね備えられている。

　腕時計型の携帯から声が聞こえてくる。義姉の声であった。スピーカーモードにしてあれば、受話器に耳を当てなくても話すことができ、傍からはずっと時間を眺めているような姿に見える。ただし周囲に人がいれば、話は筒抜けとなる。

〈任三郎さん……？〉

　周りに誰もいないので、スピーカーモードにしてある。そのほうが、若干腕が楽であるからだ。

「久しぶりだな、義姉さん」

〈挨拶はいいから、ちょっと相談したいことが……〉

「兄貴のことでか？」

兄の富二夫が認知症になったのは、任三郎も知っている。義姉からの相談ならば、兄のこと以外になかろう。相談と聞いたところで、任三郎は息詰まる思いとなった。

〈ええ、そうなの。今朝早くから家を出たきり、帰ってこないのよ〉

やはりかと、携帯受信機を見つめながら任三郎は身構えた。

「それって、徘徊ってことで？　だったら、警察に……」

〈まだ届けてないわ。でも、迷老札のおかげで無事に見つかったの〉

「それはよかった」

〈よくないのよ、それが〉

少し考える風の、義姉の口調であった。それでも言葉はしっかりしているし、百歳を超えてもまだまだ言葉は達者である。

「よくないってのは？」

〈見つかったところが、なんと国府津（こうづ）って駅なんだけど。湘南（しょうなん）特急ライナーに乗

って行っちゃったのよね〉

「だったら、迎えに行けば……」

何故にオレのところに電話をかけてくるのだと、任三郎は小さく首を捻(ひね)った。

〈行ければ、あたしだってすぐに行くわよ〉

イラついて癇癪(かんしゃく)を起こしたような、義姉の声音であった。年老いても、ヒステリックなキンキン声で甲高い。任三郎は、腕を伸ばして受話器を遠ざけた。

〈ねえ、聞いてるの？〉

スピーカーモードにしてあるので、聞こえるのは聞こえる。任三郎は、話すときだけ、腕を曲げることにした。

「すると、オレに行ってもらいたいと言うのか？」

任三郎はかったるそうに腕を曲げ、腕時計型携帯に口を近づけた。

〈腰が痛くて痛くて……そんなあたしが、誰に頼めると言うの。ねえ、お願いだから爺(じい)さんを連れてきてくれない？〉

自分の亭主を、爺さん呼ばわりする。即離婚の口実となるが、百歳にしてそれもなかろう。認知症の兄を、これからも介護するのは義姉である。多少のことは目を瞑(つぶ)ろうと、任三郎は義姉の言葉をたしなめることはなかった。

「分かったよ。だったらこれから仕度して、出かけるとするわ。それで、兄貴はどこにいると？」

〈駅長室で、保護されてるって。早く行ってあげないと、駅長さんに迷惑が掛かるから。それじゃ、任三郎さん頼みますよ〉

「あっ、それと……」

任三郎が言葉を返そうとするも、電話は一方的に切れていた。

電車など、この十年独りで乗ったことはない。それでも、血を分けた兄弟のため、少しでも役に立たなくてはと任三郎は電車の時刻を調べた。

「湘南特急ライナーから、新宿（しんじゅく）で中央線に乗り換えたのか。それにしても、山梨の甲府（こうふ）とはずいぶんと遠いところに行ったものだ」

任三郎は、一文字聞き違えていた。

壁に掛かった時計を見ると、午前十一時を指している。

「今から行けば、三時ごろには甲府に着けるな」

こうづをこうふと思い込んでいる。それを訂正できる者とは、電話を切ってしまっている。

腕時計型の端末で、任三郎は、中央本線甲府までの時刻表を調べた。

「JRS市中央駅から山梨甲府駅までの時刻表」

と言えば、すぐに答が返ってくる。『浦野駅発湘南特急ライナー熱海行き12時17分発、新宿駅着12時45分です。新宿駅発13時丁度のあずさ5号松本行き、甲府駅着14時38分です』と教えてくれる。

「今の電話、お義姉さんから?」

傍で話を聞いていた伴子が、任三郎に問うた。

「ああ、そうだ。兄貴が徘徊して、今山梨の甲府駅にいるそうだ。迎えに行ってくれと頼まれた」

「そうなの。そんな遠くまで、あんた独りで大丈夫なの?」

「馬鹿にするな。まだ、ボケちゃおらんし足腰だってしっかりしている」

「腕時計の携帯は持ってるの?」

「ああ、いつもしている」

任三郎は、腕を上げて伴子に示した。腕時計型の携帯端末をしていれば、全ての支払いができ、財布という物をもたないで済む。二十年ほど前から、完全キャッシュレスの時代に突入していた。

貧富の差の如何なく、国民全員が携帯端末機を持ち歩くことが義務付けられている。端末の中には持ち主の全ての個人情報がインプットされ、盗まれたりしても、他人が使用することはできないようセキュリティーも万全であった。センサーが、銀行口座を読み取り決済をしてくれる。駅の改札も、ただ歩くだけでゲートが開く。それでも、携帯を持ち忘れる人もいる。そのためにどこの駅でも切符販売機なるものが、一台ポツンと改札脇に置かれているだけだ。以前切符売り場のスペースだったところは、立ち食いそば屋か駅の売店となっている。切符という言葉さえも知らぬ若者が、大半を占める時代であった。売店での支払いも、センサーを端末に当てられるだけで、好きなものがなんでも買える世の中だ。ただし、銀行口座に残高がないと、むろん購入は拒否されるが。

任三郎は、久しぶりに外出着に着替え駅へと向かった。最寄り駅は『S市中央駅』で、半世紀以上前に都市開発がされたときにできた駅である。

S市中央駅から浦野駅まで行って、熱海行きの湘南特急ライナーに乗り換える。そのまま乗っていればいいものを、任三郎は新宿で降り、中央本線のホームに向かった。売店で駅弁を買って、列車の中で食べようとの趣向だ。ちょっとした旅気分に、任三郎は浸った。腕に端末を塡めていれば、どこでもフリーパスで入れる。『あずさ5号　8号車　13D席です』と、座席指定もしてくれる。

「凄い時代になったものだ。長生きしていてよかった」

指定の席に腰をかけ、任三郎は独りごちた。

窓際の席に座り、任三郎は車窓を眺めながら昔日に思いを馳せた。

五歳上の兄富二夫とは、任三郎は子供のころから仲が悪かった。一番上に姉が一人いて、一姫二太郎を千代子は産んだ。その姉は仙台の資産家に嫁ぎ、十年前に死んだ父親の葬式以来会ってはいない。ただ、ときどきテレビ電話で、顔を見ることはできる。百七歳になっても、元気溌剌なのでまったく心配はしていない。

「……ねえちゃんよりも、兄貴のことだな。心配なのは」

特急列車は、高円寺の駅名を飛ばしている。高円寺という駅名が読め、動体視力の良さを任三郎は感じ取っていた。通り過ぎる駅のホームを見つめながら、任三郎は兄富二夫の昔を思い出していた。

太平洋戦争の終盤に生まれた富二夫は、長男ということもありかなり甘やかされて育った。任三郎がもの心ついたころは、威張り散らした富二夫によく苛められたものだ。五歳上の体格には敵わず、いつも泣かされていたことを、大人になってからも根に持っていた。

「……親に向かって怒鳴り散らす、わがままな兄貴だった」

三鷹駅のホームを見ながら、任三郎が呟く。その兄が、百五年も生きている。

「憎まれっ子世にはばかるとは、よく言ったものだ。だが……」

任三郎にとって、そんな憎らしい兄でも富二夫には忘れられない思い出が一つだけあった。それが今も、心の奥に大事にしまわれている。

富二夫はわがままながらも、勉強はよくできた。埼玉県内でも三つの指に入る、優秀な高校に進学しているほどだ。反面、任三郎の子供のころの成績は、まったく振るわない。ベーゴマや、ビー玉なんかにうつつを抜かし、宿題や勉強なんてやったためしがない。通信簿はたまに『3』が入るだけで、あとは2か1のオンパレードであった。

特急列車は、武蔵小金井（むさしこがねい）の駅を飛ばしている。

小学四年生であったころを、任三郎は思い出していた。その年の夏休みが終わり、宿題の提出をしなくてはならない。困ったのは、工作の宿題である。明日は作品を提出しなくてはならないというその日。何もできておらず、任三郎がべそをかいているところに、富二夫から手渡されたものがあった。

「――これをもって行きな」

それは、小板に釘を五本並べて刺したものだ。「なんだこれは？」と訊ねると「歯ブラシかけだ」と答える。任三郎が困ってるのを見かねて、急遽作ったという。板の裏面を見ると『紀文』と焼きごてがしてある。蒲鉾板を利用した、苦肉の作品であった。

翌日任三郎は、小躍りして学校に向かったものだ。ただし、その年の図画工作の通信簿は『1』と記されてあった。それだけに、年老いた今になっても、妙に心の中に染み残っている。

その兄富二夫が、町を徘徊した挙句、山梨の甲府まで行ってしまっている。そんな懐かしい思い出が脳裏に浮かぶと、任三郎の目が潤みをもった。通り過ぎる日野駅の文字は、滲んで見えていた。

八王子を過ぎて空腹を覚えた任三郎は、『幕の内弁当』と書かれた駅弁の包みを開いた。

「いや、ちょっと待て」

任三郎は、開いた弁当を食べることなく包み直した。帰りの列車で、富二夫と一緒に食べようと思ったからだ。

「……兄貴は、蒲鉾が好きだったからな」

と、一言呟く。幕の内弁当には、薄く切られた紅白の蒲鉾が添えられていた。

笹子トンネルを抜け、勝沼ぶどう郷駅を過ぎれば二十分ほどして甲府に着く。降り損ねてはいけないと、任三郎はデッキで到着を待つことにした。

四

駅員から駅長室を聞いて、任三郎は向かった。

改札を出なくても、駅長室には行ける。S市中央駅からの運賃はどうなるのだろうと、案じているうちに駅長室の前に立った。

「ごめんください」

と、一言断り任三郎はドアを開けた。

その数十秒後には、任三郎は失意のどん底にあった。

〈なに聞いてるのよ、あんた！〉

スピーカーモードにしてあるので、義姉桃代の怒鳴り声が駅長室に轟き渡った。

気の毒そうな顔をして、駅長が見やっている。

〈甲府じゃなくて、あたしが言ったのは小田原の国府津よ。耳まであんた、老いぼれたのね〉

義姉の罵詈雑言が止まらない。

「だったら、あんたが……」

その先を言おうとして、任三郎は言葉を止めた。

〈だったら、何よ？　兄弟そろいもそろって、まったく使えない馬鹿なんだから〉

義姉の癇癪が頂点に達して、任三郎は思った。

――こんな鬼嫁の尻に、兄貴は敷かれていたのか。

おっちょこちょいと、笑ってくれればそれで済まされたものだが。

「……こんな女、別れたらいいのに」

ふとした呟きが、相手にも届いたようだ。足腰が弱ったと言っても、耳は達者なようである。

〈別れたらいいのにって、言ったかい？　上等だよ。あんな爺いの面倒など、金輪際見るのはいやだと思っていたところだからね。熨斗をつけてあげるから、そのまんま持って帰りな〉

――長年連れ添った亭主を、品物かなんかと間違えてやがる。

「ああ、うちのほうで面倒見てやるから、喜びやがれ。あんまり嬉しくて、寝小便なんぞ垂れるんじゃねえぞ」

露骨な買い言葉を返して、任三郎は電話を切った。そのやり取りの一部始終が、駅長の耳に入っている。

「大変なことになりましたな」

気の毒そうな顔をするも、甲府までの運賃はしっかりと取った。

「ここで、食事をさせてもらえませんかね」

義姉と喧嘩し、任三郎はさらに空腹を覚えた。これから新宿に戻り、湘南特急ライナーに乗っても、国府津に着くのは夕方になってしまう。兄富二夫との食事は、夕食で摂ろうと任三郎は決めた。

「どうぞどうぞ、お使いください。お茶を差し上げますから」

親切な駅長であった。

紅白の蒲鉾を口にしながら、任三郎は考えていた。認知症となった富二夫を、これからどうやって面倒見ようかと。

十月になって、任三郎が誕生日を迎えれば、一つ屋根の下に百歳以上が四人になる。寝たきりと徘徊老人を抱え、妻の伴子にはますます負担を強いることになる。

「……きっと、嫌がるだろうな」

任三郎は、フーッと大きくため息を吐いた。それよりも、倅夫婦がどう思うか。倅の太一郎と富二夫は昔から馬が合わない。太一郎は、あの伯父さんからはお年玉を貰ったことがないと、七十歳になっても恨みに思っている。嫁の美砂代は、端から頼れそうもない。

義姉に向かって啖呵をはいたのを、任三郎は今にして後悔している。だが、男が一度口に出した以上、引っ込みはつかない。戦後間もない生まれの団塊の世代は、ドライと昔気質の性格を併せ持つ。とくに任三郎は、後者の気性が強い。兄富二夫を引き取ったあとにくる問題の山積みを、任三郎は中央本線の上りの車中で考えていた。

――まずは、あの馬鹿女に三行半を突きつけんとな。

「それにしてもあんな鬼嫁と、よく八十年も一緒にいられたものだ。うちの伴子とは、えらい違いだ」

憤懣が、時間が経っても込み上げてくる。新宿行きの特急列車は混んでいて、隣の席は塞がっている。任三郎の憤りを耳にした五十歳くらいの紳士が、露骨にいやな顔を向けた。

列車は笹子トンネルに入り、車窓に自分の顔が映っている。この日半日で、五歳も老けたように見える。はぁーと、またも長いため息を吐いた。インプラントの歯が、窓に真っ白く反射して任三郎は口を閉じた。

甲府駅長が気を利かせてくれて、国府津駅の駅長には連絡がなされている。

それでも、任三郎の気が急(せ)いた。特急列車は新宿駅に着くも、小田原方面の湘南特急ライナーは出たばかりである。次の電車が来るまで、あと一時間待たなくてはならない。二十分後に、逗子(ずし)行きの湘南特急ライナーが来たが、任三郎はやり過ごした。横浜(よこはま)か大船(おおふな)で、東海道線に乗り換えるという頭までは回らない。任三郎は、ホームにつっ立ったまま、一時間を過ごした。

電車内は、通勤時間ともあって混み合っていた。お年寄りや障害者などが優先の席は、二十歳前後の若い女三人で占拠されて空いていない。少しは期待して前に立ったが、お化粧崩れの直しに夢中で、目の前に九十九歳が立っているのに気づく風もない。あとの二人は、仕事疲れか寝た振りか首を垂れたままである。こういう娘たちに一言言い聞かせてやろうかという気持ちは、任三郎にはさらさらない。心の中で侮蔑し、口にしないのが団塊の世代の特徴であった。よく言えば、気持ちが大らか。悪く言えば、大勢に押し流される傾向にある。同世代の、あまりの人数の多さに一人一人の意見など、埋没されてしまう時代に育った。いかんせん、一クラスに六十人もいたのだから、他人と意見を合わせていけば無難との風潮が、子供のころから出来上がっていた。政治家でも経済人でもヤクザの大親分でも、昔から傑出した人物がいないというのもこの世代ならではであった。なお、団塊の世代とは、昭和二十二年から二十四年の三年間に生まれた人たちと定義されている。

任三郎がようやく座れたのは、新川崎駅からであった。やれやれと、棒になった脹脛を、手でもってほぐす。

国府津駅に着いたのは、とっぷりと日が暮れた六時半ごろとなっていた。

九十九歳の老人にしては、長旅である。それでも体に鞭を打ち、任三郎は駅長室へと向かった。

「お疲れさまでした」

甲府駅長から連絡を受けている国府津駅長が、快く迎えてくれた。来客ソファーに座る富二夫が、不思議そうな顔を任三郎に向けている。

富二夫と会うのは、十年ぶりであった。父親の葬式で、顔を合わせて以来である。あの時はまだ矍鑠として、任三郎に向けて悪態を吐いたものだが。当時の面影は、今は富二夫にはない。認知症老人特有の、虚ろな眼差しが向くだけであった。

「桜田さん、お迎えが参りましたよ」

やさしい口調で、国府津駅長が話しかけた。

「そうですか、ごくろうさまです」

と返すも、一向に富二夫は立ち上がろうともしない。

「兄貴、迎えに来たよ。さあ、帰ろう」

「どなたさまで？」

十年前は丸かった頬がげっそりと落ち、小太りだった体も、今はやせ細っている。長袖のポロシャツに薄いカーディガンを羽織り、ズボンはグレーの綿パンである。家の中で過ごす格好である。春とはいえ、かなりの薄着だ。夜の冷え込みには、耐えられそうもない。それと、富二夫の足元を見て任三郎は、胸の奥からこみ上げてくるものを感じた。

素足に履いているのは、便所スリッパであった。爪先にＴＯＩＬＥＴと書かれてある。トイレに入り、そのまま家を出たようだ。任三郎は情けない思いに駆られた。そんな姿でよく電車に乗れたかと、不思議にも思うも、その疑問はすぐに解けた。富二夫の細くなった腕に、腕時計型の携帯端末が填められていたからだ。それさえあれば、誰に咎められることなく電車に乗れる。終点まで来ても降りない富二夫を、車掌が保護したとの説明を受けた。

「弟の任三郎だよ。覚えてないんかい？」

「………………」

答もなく、訝しそうな顔をして富二夫は首を傾げる。

――本当に、うちで引き取って大丈夫なのか？

任三郎に、不安な思いが宿るも、もう一つの考えが脳裏をよぎった。

――おれを迎えにやらせた、義姉さんの肚がこれで読めた。

体よく亭主を手放そうとする義姉の魂胆に、任三郎は無性に腹が立った。

「……誰もやらなくても、オレが面倒を見てやる」

子供のころから憎たらしい兄であったが、今の姿を見たら何もかも許す気になる。いや、そうではない。生まれて初めて任三郎は、兄の富二夫に対し優越感を抱いたのであった。

任三郎の呟きが聞こえたか、富二夫が小さくにんまりとした表情を見せた。

「ああ、任三郎か？」

か細い声で、任三郎の名を口にした。

「ようやく、思い出してくれたかい」

それだけでも、ほっと安堵の息を吐く任三郎であった。

「さあ、帰ろうか」

任三郎が声をかけると、富二夫が小さくうなずいた。嫁さんから突き放されたとは今は言えない。これから離婚手続きに入るが、面倒を見るというのはそれらもひっくるめてである。任三郎に、そんな覚悟ができた。

五

所持金が無一文であっても、容易に旅ができる時代であった。

お世話になったと、国府津駅長に任三郎が頭を下げた。それに倣ってか、富二夫も頭をペコリと下げる。

「気をつけて、お帰りください」

S市までは遠い。任三郎は、グリーン車でもファーストクラスの車両を奮発した。ゆったりと、くつろいだ気分を富二夫に味わわせたかったからではない。任三郎の心うちは、便所スリッパを履いた連れを、あまり他人には見せたくなかったからだ。普通車には、毛頭乗る気はなかった。

午後七時を過ぎて、外は夜の帳が下りている。窓際に座った富二夫が、黙って外を眺めている。通り過ぎる夜景に、目を潤しているようだ。

「……結局、幸せな家庭は築けなかったのだな」

富二夫の耳に、届かぬほどの声で、任三郎は呟いた。

「兄貴、腹が減らないか？」

国府津駅の売店で、菓子パンと牛乳を仕入れてある。駅弁を買いたかったが、生憎とメーンターミナルでない国府津駅では売っていない。

「アンパンかよ」

認知症も、正常に戻るときがあるようだ。そんな状態に戻ったか、富二夫は不服そうな口調で言った。

「小さな駅の構内では、こういうものしか売ってないんだ。文句言わずに食えよ」

「しょうがねえな。相変わらず、ケチなヤロウだ」

思えば、認知の症状が出ていようが、正気に戻ろうが、富二夫の口から感謝どころか、詫びの言葉も聞いていない。それよりか、昔ながらの悪態が口を吐いて出る。

任三郎から、面倒を見てあげようとの思いが、にわかに失せた。

「旨いものが食いたかったら、家に帰って義姉さんに作ってもらえばいいだろ」

それに反応を示すことなく、富二夫はアンパンをかじり出した。顔は、窓の外に向いている。

湘南特急ライナーは、青羽駅を過ぎていた。高群線への直通となるので、そのまま上野毛駅に行くか、中宮駅で降りるかの選択が迫られていた。もし、任三郎の家に連れていくなら、中宮駅からタクシーを拾うつもりであった。やはり、便所のスリッパは、なるべく人さまには見せたくない。

「どうする、自分の家に帰るか？」

「…………」

車窓を眺めたままで、富二夫からの返事はない。遠くに見える家々の灯りが、やけに幸せそうに見えてくる。

「義姉さんが言ってた」

任三郎は、外を見つめる富二夫に話しかけた。だが、返事はない。表情は読み取れないが、そのまま続きを語ろうとするも言葉が出ない。

電車は、浦野駅に着いた。それでも、言うかどうかを任三郎は迷っていた。あと、七分ほどで中宮駅に着いてしまう。どちらか、すぐに結論を出さなくてはならない。

「兄貴、聞いてくれ」

停車していた電車が、動き出したのを機に任三郎は切り出した。

「義姉さんがな、亭主を引き取ってくれって言っていた」

断腸の思いで任三郎が口にすると、富二夫の肩がピクリと動いた。だが、振り返ることなく、車窓に顔を向けている。

「どうだ、うちにきて一緒に住むか？」

六畳間が、階下に一部屋空いている。今はそこを、納戸代わりに使っているが、不要な物は捨てればよい。その部屋は、母親千代子の部屋として使おうと決めていたが、任三郎が伴子の意見も聞かずに、勝手に判断をする。ベッドは、父親が使っていたものがそこに仕舞ってある。捨てないでおいてよかったと、富二夫の返事を聞く前に任三郎は思った。

電車は、中宮駅のホームを滑っている。

だが、富二夫からの返事はうんともすんともない。ファーストクラスのグリーン車は、出口までが遠い。電車が止まる前にデッキまでいかないと、降りそびれてしまう。任三郎は、出口に向かおうと黙って立ち上がった。それで、富二夫の反応を試してみたのだ。そのまま動かなければ、座り直して上野毛に連れていこうと。すると、立ち上がった任三郎の腕を富二夫がつかんでいる。それは止めようとする仕草ではなく、すがりつく意思を任三郎は感じた。

「一緒に行きたいか？」

任三郎は、一度萎えた兄富二夫の面倒を見ることを、この場で決めた。富二夫は黙って、任三郎の腕をつかんでいる。また、認知症特有の虚ろな目であった。

電車から降りると、任三郎が富二夫の腕を抱えエスカレーターに乗った。家路を急ぐ人で、中宮駅のコンコースはかなり混んでいる。富二夫の足元を見て、笑う人もいればひそめき合う人たちもいる。任三郎は、そんな人々の目を避けようと、足を急かせた。

富二夫を、引っ張るようにして歩く。だが、いやいやと駄々をこねるように、富二夫は言うことを聞かない。任三郎は、さらに力を込めて、富二夫の腕を引っ張った。

「痛いよ」

任三郎の手を、振り解こうと富二夫が抗う。コンコースの真ん中での、年寄りの引っ張り合いっこが、さらに多くの通行人たちの好奇な目を引いた。

「分かったよ、兄貴。行きたくなければ、上野毛に帰ろう」

任三郎が踵を返し、高群線のホームに向かおうとする。しかし、富二夫はついてこない。逆に、任三郎の腕をつかみ引っ張っている。上野毛には、行きたくないとの意思表示であった。

「そうか。ならば、速く歩こう」

西口のエスカレーターを下りれば、そこはタクシー乗り場である。

運転手のいない、無人のタクシーが客を待っている。センサーが働き、車のドアが開いた。

「ご乗車ありがとうございます。どちらまでお送りさせていただきますか？」

後部座席に座ると、若い女性の音声が聞こえてきた。タクシーにしばらく乗ったことのない任三郎は、戸惑いを見せた。すると、目の前にあるモニターが近隣の地図を映し出した。

「S市以内でしたら青いボタン、それ以外の方は赤ボタンに触れてください」

ガイダンスに従って、目的地をインプットする。タクシーに乗り慣れていれば、十数秒のやり取りで車は動き出す。任三郎は、自宅までを告げるのに三分ほどの時を要した。

タクシーは、100％の自動運転である。それでも運転席に、誰も座っていないのは不安である。

「テレビをご覧になりたい方は青ボタンを、画面を消したい方は赤ボタンを押してください」

任三郎は、迷うことなく赤ボタンを押した。

「それでは目的地まで、ごゆっくりとおくつろぎください」

ガイダンスの音声が消えると、富二夫のいびき声が聞こえてきた。

富二夫を連れて戻ったことで、伴子が驚いている。

「お義兄さんを、連れてきちゃったの」

眉根に皺を寄せて、伴子のうんざりしたような声音であった。

「ああ、いろいろとあってな」

二人の話を聞いているかどうか、富二夫はダイニングテーブルの椅子に腰掛け、居眠りをしはじめた。

「とりあえず、今夜はあたしの部屋に寝かせましょ」

二階だと危ないと、伴子が部屋を空けて任三郎の部屋に移ることにする。任三郎が富二夫を抱きかかえ、伴子の布団に寝かしつけた。

テーブルを挟み、任三郎と伴子が再び向かい合った。

「どうするのさ、これから？」

不満が先に、伴子の口をついた。

「まずは、話を聞いてくれ」

伴子を落ち着かせるために、任三郎はこの日の経緯を最初から語った。国府津を甲府と間違えた件（くだり）では「あんたもボケたのね」と、伴子から卑下されたような笑いがあった。

「そこで、兄貴の嫁と喧嘩しちまってな……熨斗をつけてあげるから、持って帰りなってぬかしやがった、あの馬鹿ババア」

憤懣やる方ないと、任三郎は憤る口調となった。富二夫の嫁の名を、いっさい口にしたくないと、怒りをあらわにした。

「それで頭にきて、連れてきちゃったってわけか」

「ああ、そうだ。だが、兄貴の面倒はおれが見る」

「面倒を見るのは勝手だけど、あんなに義兄さんのことを嫌ってたのに、大丈夫なんかい？」

「便所のスリッパを見たら、可哀想に思ってな。恍惚の人になった以上、憎たらしいなんて言ってられんだろ、かあちゃんの血を分けた兄弟なんだからな」

「あんたにそんな優しいところがあるなんて、今まで一度も思ってなかったよ。そんなことはいいけど、これからどうするのさ。あの人、たくさん食べるよ。お義父さんの葬式での、あの寿司の食いっぷりを思い出しちまったよ」

あの人と言うところに、富二夫を受け入れない伴子の気持ちが表れている。

「痴呆を患っているから、それほどでもないだろ」

「となると、うちには痴呆老人が二人もいることになるのよ。その世話が、どれほど大変なことか、あんたに分かってるの！」

さすがに伴子も声音がだんだんとヒステリックになってきている。

「そんな大きな声を出すな。兄貴に聞こえるぞ」

「聞こえたっていいじゃない、どうせボケてんだから何を言っても……ああ、いやになっちまうよ。これじゃ、老老介護じゃなくて百百介護だね」

ふぁーと大きくため息が漏れ、伴子の肩がガクリと落ちた。それでも愚痴は収まらない。任三郎にも伴子の気持ちは分かっている。黙って最後まで、話を聞くことにした。

「食費ばかりじゃなく、あれこれいろいろとカネがかかってくるよ。あたしらの雀の涙ほどの年金で、どうやって賄うのさ。お義母さんの葬……ああ、いやになっちゃう。この齢になって、まだ神様はあたしに試練を請うってのかい」

葬式の準備とまでは言えず、伴子は言葉を逸らした。

「だからといって、兄貴を放り出すわけにはいかないだろ。それと、あの馬鹿女のところに帰すのも肚が立つ。あの女、こういったんだぞオレに。『兄弟そろいもそろって、まったく使えない馬鹿なんだから』ってぬかしやがった。オレは、悔しくて悔しくてな、それで兄貴を引き取ろうという気になったんだ」

「あんたが悔しいのは分かったよ」

伴子の口調が穏やかになり、何か考えているようだ。そして任三郎は、伴子の次の言葉を待った。

「これで、百歳以上が三人、いや十月になれば四人か。しかも、ボケ老人が二人。なんともまあ、凄い家族になるんだね。あたしらは、ボケちゃいられないわ」

「するってえと、伴子は兄貴の同居を許してくれるってのか？」

「そりゃ、あたしだってあんな鬼ババアの桃代のところなんかに、義兄さんを戻させたくないわよ」

富二夫の嫁の名を口にし、伴子は悪たれ口を吐いた。

「生活費のことだったら、なんとかなる。オレに任せろ」

「任せろって、なんだい？　この齢になっちゃ、使ってくれるところはどこにもないよ」

「運がよければ、大金が転がり込んでくる」

「宝くじかい？」

「そんなもんじゃねえ。まあ、今は口に出せんことだがな」

「いったいそれって、夢みたいな話のこと？」

「今は言えねえって、言ってるだろ。ところで、兄貴のことで太一郎たちが何か言ってくるだろうが、オレが有無を言わせない」

伴子のツッコミを避けて、任三郎は話を切り替えた。

「あたしだって、言わせないわよ」

「よし、これで決まりだ。だったら、まずは離婚をさせんとならんな」

「慰謝料、がっぽりと取るんじゃない、あの鬼ババア」

「そりゃねえだろ。熨斗をつけて持ってけと、突き放したくらいだからな。その件についちゃ、いざとなったら国府津の駅長が証言してくれる」

「便所のスリッパ、捨てちまっていいかね？」

「いや、それがないとあのクソタレババアも不便だろ。あした、宅急便で送り返してやれ」

厄介者(やっかい)が一人増えるも仕方がないと、超高齢者夫婦の一悶着(もんちゃく)があって、意見はようやく一致をみた。

「それとだ。かあちゃんを一階に下ろすのは中止だ」

「なんで？　義兄さんを二階に……あっ、駄目か。徘徊するので、余計に危ないってことか」

「まあ、そういうことだ。しばらくは、我慢してくれ」

「仕方ないわ」

あきらめ口調の伴子に、任三郎は心の中で手を合わせた。

六

翌朝になっても、桃代からの電話はない。

完全に、夫の富二夫を見放したものと思える。こちらから電話をかけようとするも、任三郎は迷っている。

「まったく癪に障るな、あのババア」

まだ任三郎の、腸（はらわた）の煮えくり返りは、収まっていない。

「心配して、電話をかけてもきやせん。いったい、どんなつもりなんだ？」

ダイニングテーブルに腰をかけ、朝から憤懣（ふんまん）やる方ない任三郎であった。その隣で、富二夫がニヤニヤと笑っている。自分が置かれた状況を、理解できないでいるようだ。

「こっちから、報せておいたほうがいいんじゃないかい？」

昨夜は、いやいやながらも承知したものの、やはり認知症老人を預かるとなると心が重い。そんな表情をあらわにして、伴子が心配そうな声音で言った。しかし、任三郎は首を振る。

「いや、かまわねえだろ。向こうから言ってくるのが筋ってもんだ」

これほどの高齢者になると、お互い頑固さに拍車がかかっている。ちょっとやそっとでは、自我を曲げない。

「まだ、便所には自分で行けそうだし。飯と寝床の心配だけしてあげればいいだろ」

「でも、症状が進んじまったら、この先……」

「オレが、面倒を見ると言ってるだろ。男が一度口に出した以上はだな……」

「なに言ってるんだい。そんな男気があったなんて、この七十年一緒にいても、一度も感じたことなどなかったね」

任三郎の言葉を遮り、伴子が早口でまくし立てた。

弟夫婦の口げんかを、興味深そうに富二夫が見やっている。自分が、喧嘩の種だと分かってはなさそうだ。そんな富二夫に顔を向け、伴子が大きなため息を吐いた。

「あんたが電話をかけなきゃ、あたしがしてやるよ」

富二夫の顔を見ていたら、やはり桃代の元に帰したほうがいいと伴子は言葉を添えた。

「ちょっと、待て」

任三郎が止めるも、すでに伴子は自分の携帯を耳に当てている。ペンダント型で、カード状の端末である。女は、この型の物を持つ者が多い。

「さくらだふじお」

名を吹き込むと登録がしてあるので、すぐに送信音が鳴った。すぐに「もしもし……」と、男の声が聞こえてきた。電話に出たのは、テーブルに座る富二夫本人であった。富二夫が、腕時計型電話を耳に当てニコニコしている。その表情に、伴子はゾッとする思いで電話を切った。そして、再び端末に口を近づける。

「さくらだももよ」

しばらく送信音が聞こえ、今度は間違いなく女の声が聞こえてきた。

「義姉さん……？」

〈ああ、あんたかい〉

久しぶりの会話だというのに、挨拶などない。

「義兄さんがうちに来ているけどさ、どうするんだい？」

伴子の口調は、最初から喧嘩腰である。

この二人、嫁同士でありながら、昔から仲がすこぶる悪い。互いに気が強いこともあるのだろうが、仲違いの一番の原因は、桜田家の両親の面倒をどっちが見るかで揉めたところにある。その際は、取っ組み合いになるくらい互いの感情が高まっていた。それが、数十年経った今でも尾を引いている。

〈どうするって、任三郎さんが連れて帰るって言ったから、それでいいじゃないのさ〉

スピーカーモードにしてあるので、話は筒抜けである。顔に皺を増やし、戦々恐々として、任三郎はやり取りを聞いている。しかし、当の本人の富二夫は、相変わらずニヤニヤしてどこ吹く風といった表情である。

「とんでもないわよ。便所スリッパで電車乗るような男、こっちで面倒見られるわけないいじゃないか」

〈だったら、昨日のうちにこっちに連れてくればいいじゃないのさ。それがないってことは、あたしゃ、お宅さんで面倒見ると取ったね〉

「あんた、旦那を見放すのかい？　うちは姥（うば）捨て山じゃないんだよ」

姥捨て山と、ずいぶんと古（いにしえ）の言葉を伴子は口にした。年老いた親を山に捨て食い扶持を減らすという昔の伝説を、任三郎は子供のころにずいぶんと親から聞かされたものである。

〈とにかく、きょうにでも離婚届に名前と判子を押して送るから、よろしく頼むよ。本来なら、慰謝料をがっぽりといただくところだけど、それはこれから世話になるんだ。あたしの、温情としておくよ〉

今でも行政は、どんなに科学が進歩しても緑の文字で印刷された用紙に記入し捺印をする、旧態然とした離婚届の形態を取っている。

「鬼ババア」

怒りから、伴子はとうとう悪態を吐いた。その顔面は真っ赤になっている。血圧の高騰を任三郎は心配したが、百歳を超した女たちの罵り合いはバトルと化して誰にも止められない状況となっていた。

〈鬼ババアってなんだい？　あたしが鬼ババアなら、あんたはクソババアじゃないか〉

「あんたから、クソババアって呼ばれる筋合いはないね」

〈クソババアにクソババアと言って、どこが悪い！〉

「ふざけんじゃないよ、クソッタレババア！」

伴子から、パンチが繰り出された。

〈クソの垂れないババアが、どこにいるってんだい？　いたら連れてきてもらいたいね〉

桃代も負けじと応戦する。百歳同士の罵り合いは、決着がつきそうもない。そこに、孫娘の夏美が曾孫の綺宙を連れて入ってきた。

「なんだかおばあちゃん喧嘩しているみたい。あっちに行ってましょ」

教育上よくないと、夏美と綺宙は踵を返すように部屋から出ていく。

「変なおじいちゃんが、いたよ」

ダイニングから出る際、綺宙の声が聞こえた。

まだ、老婆同士のバトルがつづいている。それは、富二夫のこれからを相談するものでなく、罵倒合戦に終始している。

「とにかく、旦那さんを……」

帰すと言おうとしたところで、伴子の口が止まった。富二夫が伴子に向けて、手を合わせている。涙をこぼすところは、お願い祈願をしている風に見える。伴子は自分が、神様仏様にでもなったような心持ちとなった。

〈旦那さんをどうしようってんだい？〉

途中で言葉が止まった伴子に、桃代からの問いがかかった。さらに桃代が、言葉を付け加える。

〈殺すなり、焼くなり好きなようにすりゃいいさ〉

桃代の言葉に、さすが任三郎も伴子も啞然として言葉が出てこない。当の富二夫は、何事もないようにヘラヘラと笑っている。

「もういいよ、桃代さん。あんたのところには、お義兄さんは帰せない」

しばらく間をおき、伴子は落ち着きのこもる声音で言った。

〈と言うと……？〉

「これからうちで、面倒を見るよ。いいから、離婚届でもなんでも送ってちょうだい」

伴子のほうから、折れた。その瞬間、富二夫が真顔となって質の違う笑いを浮かべたが、任三郎と伴子はそれに気づいてはいない。

〈本当にいいのかい？〉

「ああ……」

〈だったら、あした送るよ〉

「うちも、便所スリッパ送るから」

〈そんなのいいから。あんたに、あげるよ〉

「いらないよ、あんなもん」

伴子と桃代の話は、離婚届に記入した用紙が送られ、便所スリッパを送るということで話がついた。

そこに、太一郎と美砂代夫婦が出勤の仕度を調え、ダイニングへと入ってきた。

「なんだか、おふくろの大声が聞こえてたけど何かあったのか？」

ネクタイの結びに手をやりながら、太一郎が訊いた。その言葉と同時に、眉間に皺を寄せ、太一郎の顔面が曇った。

「あれ、伯父さん……？」

太一郎も、富二夫とは久しぶりである。祖父の葬式以来で、その時は言葉を交わすこともなかった。傲慢でケチな伯父を、太一郎は子供のころから心底嫌っている。それが、目の前にいるのだから、朝の清々しい気分が一瞬にして憂鬱の表情に変わった。

「こんばんわ」

富二夫の挨拶に、傍らに立つ美砂代が太一郎の腕をつかんだ。離婚寸前の夫婦でも、共通の憂いを感じているようだ。

「……こんばんわだって」

明らかに二人とも、怯(おび)えを含んだ表情となっている。

「これから一緒に住むんで、よろしく頼む」

任三郎の言葉に、太一郎と美砂代が驚愕(きょうがく)の表情を向けている。

「一緒に住むって……」

あんぐりと開いた太一郎の口から、震えるような声音が漏れた。

「そんなの、聞いてねえぞ」

太一郎の形相が、にわかに険しくなった。

「事情(わけ)はあとで話すから、飯を食って早く仕事に行きな」

ここで一悶着を起こしたら、収集がつかなくなる。ワンクッション入れれば、太一郎の気持ちも落ち着くだろうと、任三郎は話し合いに間をおくことを考えた。

「ああ、そうだった。仕事に遅れちまう」

伴子が用意した朝食を済ませ、太一郎と美砂代が職場へと向かう。とりあえず、倅たちからの苦言は回避できた。

「あのお爺さん、ちょっと変じゃない？」

ダイニングを出るとき、美砂代が綺宙と同じ文言を発した。

その日の夜、帰宅した太一郎と美砂代に、任三郎は事の経緯を説いた。

任三郎は昼間のうちに、納戸となっていた部屋を片づけ、父親が使っていた古いベッドに、すでに富二夫を寝かせている。

「これから一緒に暮らすの？」

美砂代が、露骨にいやな顔をしている。

「そういうことに、なっちまった。そんなんで、よろしく頼む」

「頼むと言われてもねえ。これで、うちには百歳以上が四人になるのよ」

「オレはまだ、九十九だ」

任三郎が、美砂代の間違いを正した。

「それは、すみません。でも、お婆さんと同じような人が、もう一人増えるのでしょ」

「お婆さんとは、同じじゃないぞ美砂代さん。まだ、自分で食事もでき、歩き回ることもできる。なんせ、独りで国府津まで行ったくらいだからな」

「便所スリッパを履いてでしょ」

それを言われたら、任三郎も二の句が告げない。

「あちこち動き回ってもらうより、じっとしていてもらったほうがいいのですけど」

美砂代は、うんざりとしたような顔つきとなった。

「まあ、それはそれとして、今はまだそれほど深刻ではなさそうだ。そりゃ、たまにはきのうみたいな日があるだろうけど」

嫁である美砂代には強くは言えない。任三郎は、言葉穏やかに倅夫婦に説いた。

「たまにでも、あったら困るけどな。伯母さんは、それでもって手放したんだろ」

太一郎に図星を突かれ、任三郎も答に苦慮する。

「まあ、今のところはおまえたちに負担をかけることはしない。オレたちで、なんとかするからおまえたちは心配するな」

親の威厳で、任三郎が説き伏せる。

「親父（おやじ）がそう言うんなら、俺たちの出る幕ではないな」

意外にも、太一郎はすんなりと折れた。やはり、役所に勤めるだけあって、介護に反対する立場ではないとうかがえる。

「でも、あと数年後が憂鬱」

暗い表情で、美砂代が呟く。近い将来、間違いなくその負担は自分らにかかってくると、美砂代は思いを口にした。

「……ああ、離婚か。それもいいかも」

美砂代の小さな呟きであったが、それが夫の太一郎の耳に届いた。

「美砂代、つまらないことを考えてるんじゃないだろうな」

「冗談よ」

答える美砂代の表情は、真剣そのものであった。

「とにかく、おまえらには迷惑はかけん。なんだかんだ言っても、オレの兄貴だからな」

「そんなことを言って、ずいぶんと仲が悪かった兄弟が、どういう風の吹き回しだい?」

間髪いれず、太一郎が問うてきた。

「兄貴とは、ずっと反りが合わなかったが、一つだけ恩義になったことがある。子供のころのことだが、そいつを思い出してな」

「どういうことですの？」

美砂代が、体を少し前のめりにして訊いた。

「それは、蒲鉾の板だ」

「かまぼこの板……ですか？」

不思議そうな顔をして、美砂代が問う。

「ああ、そうだ。それを思い出したら、急に兄貴が不憫(ふびん)になってな。うちに連れてこようと思った」

「蒲鉾の板がどうしたのです？」

「いや、話しても詮(せん)のないことだ。九十年前の、子供のころの他愛のない話だからな」

夏休みの宿題の話は、ずっと自分の胸に仕舞っておこうと任三郎はそれ以上語ることはなかった。

「まあ、親父たちの好きなようにすればいいさ」

明日は早いと、太一郎夫婦は腰を上げた。

それから数日後、桃代から署名捺印がされた離婚届が届いた。

「ここに名前を書いて、判子を捺せばいいんだな」

富二夫が、喜色満面の表情をしている。任三郎はそれを見て「おや？」と、訝しがった。明らかに、今までとは富二夫の表情が違っている。

「これで、あの鬼ババアの束縛から解放される」

口にする言葉も、正常で澱(よど)みがない。

「この数年、ボケた振りをするのも、容易じゃなかった」

「それじゃ、兄貴は……？」

「これからも、よろしく頼むぜ。人ってのは、一つくらいはいい事をしておいてやるもんだな」

これで桜田家は、百五歳の超高齢者が一人増えることとなった。上が百三十六歳、下が五歳の九人家族である。その平均年齢は約七十二歳、典型的なきのこ雲型である。

第二話　老いらくの恋のどこが悪い

一

『百歳以上200万人突破！　とうとう50人に1人の時代へ』

今朝の新聞の見出しに、桜田任三郎は強い憤りを感じた。

「……とうとうだなんて言いやがる」

長く生きた人々へのリスペクトが、微塵(みじん)にも感じられない見出しだと、任三郎がブツクサと口に出して怒る。齢を取ると、何事にも怒りっぽくなると自戒しているのだが、どうも感情が抑えられない。

男の平均寿命が百十歳に延びたからには、百歳になっても人生まだまだ先が残っている。だが、どこに生きがいを求めればよいのか――。

医学の進歩や生活環境の変化で、日本人は生き長らえることができるようになった。だが、有り余った残りの生涯をいかに生きるかが、人々の重い課題となっていた。

『生きがいを求めなさい』と、連日連夜マスコミはその話題に触れ、カウンセラーたちが入れ替わり立ち替わり出てきては、アドバイスをする。だが、百歳を超えれば死に場所を求めはすれ、生きがいなんてそうそう抱けるものでない。半分にも満たない年齢の人間から、ああだこうだ指図されても、超高齢者の頭の中はこり固まっている。その日その日を、ゆったりとした川の水のごとくに流し、やがて三途(さんず)の川を渡りきって、お迎えが来るのを待つ。大方は、そうした老人である。

それでも、カウンセラーの言うことを聞いて、生きる糧を求める老人も数多くいる。そのためか、町のカルチャー教室は、定年を過ぎた八十歳以上の老人たちで賑(にぎ)わいを見せていた。その中には、百歳を超す人も多く交ざっている。

六十歳で任三郎は定年を迎え、その後七十歳まで嘱託(しょくたく)として働くことができた。三十年前の当時は、男の平均寿命は八十歳を少し超えたところであった。それよりも、もう少し長生きをして自らの寿命を九十歳くらいと思っていたがとんでもない、まだまだ先に行けそうだ。

任三郎も、人生を最期まで投げずに生きようと決めた一人であった。百歳を前にした任三郎は、家族には知られず密かにやっていることがある。それは五年ほど前、九十四歳になったときに一念発起し、以来ライフワークとしてきた小説の執筆である。場合によっては、大金を稼げるかも、との欲もあった。

ボケの防止と、妻の伴子から促されてはじめたことであるが、任三郎がどれだけ本気かまでは知られてはいない。「――やはり、三日坊主ね」と最初から揶揄(やゆ)され、それ以来他人(ひと)には黙っていることにした。

任三郎は、昔から本を読むことが好きであった。推理小説、時代小説、官能小説などなどジャンルを問わず、若いときは仕事の合間に、また年老いてからは暇に任せてむしゃぶりつくように読んだ。だから、小説がどういうものかは、少しは分かっている。だが、書くとなるとまったく手がけたことはない。小説を読む以外には、文章には縁がなかった人生である。何が任三郎を小説を書く気にさせたのか。それは遠い昔の高校生時代を思い出さなくてはいけない。

八十年も前に国語の女教師が言ったたった一言が、任三郎の頭の中にこびりついていた。「――桜田君の文章とても面白い」と言って、授業の中で作文を読まれたことがあった。そんな些細なことでも、年寄りには深い思い出として残っているものだ。

生きがいを見つけるためには、のんびりとしちゃいられない。幸いにも古いパソコンの端末が動かせ、文章くらいなら打つことができる。そこで、人生もう一踏ん張りと奮起して通ったのが五年前、市が後援となって、町のボランティアが主催する高齢者作家養成講座であった。

――話は五年前、2044年の春に遡る。

部屋は六畳間を自分一人で使っている。妻の伴子とは、二階と一階で部屋を別にしてから四十年は経っている。以来ずっと、任三郎は独り寝である。机の上に、古いノートパソコンが置いてある。二十年ほど前、倅の太一郎が捨てようとしていたパソコンを貰ったものだ。起動できるがOSは古く、インターネットにはつなげない。それでも、メモ帳のソフトで文字は打てる。

「――小説はなんとか書けそうだな」

それだけの機能があれば、任三郎には充分である。パソコンを触ったのは十五年ぶりである。ブラインドタッチといわずとも、両手の指で入力することはできる。試しに『かんのうしょうせつ』と打ってみた。すると一発で『官能小説』と変換された。十五年のブランクでも、最初からうまく入力できたことで、任三郎のやる気は増した。

「この調子だ」

独り呟き、最初の一行を打ち込もうとする。しかし、出だしの文章が浮かんでこない。

「この齢になって、官能小説もないか」

気恥ずかしいとの理由で、官能小説はたったの十分で見切りをつけた。やはり、書くとしたら推理小説だと、任三郎はジャンルを切り替えた。それでも、そう簡単に出だしが生まれるものではない。結局は一時間をかけて『推理小説』とファイル名を四文字書いただけで、パソコンの蓋を閉じた。

「……難しいもんだな」

一念発起したものの一行すらも書けず、たったの一時間で挫折かと、任三郎の脳裏をよぎる。これであきらめたら、なんとも自分自身に恥ずかしい。一筋縄ではいかないこの作業に、任三郎はどのように立ち向かおうかと、まずはそこに考えをおよぼした。

翌日の朝、食卓テーブルに置かれた新聞を開くと、折込み広告が束になって挟んである。

時代が進化したといっても、折込みチラシは昔ながらの広告媒体として、まだまだ活用されている。全ての情報が、ITによってもたらされるかというとそうではない。二十一世紀の半ばになっても、世の中には、生まれてから一度もパソコンをいじったことのない人が大勢いる。そのため、アナログはまだまだ必要であり、むしろその重要性が求められる時代でもあった。

世間では『昔を取り戻そう運動』が盛んになり、昭和、平成時代に流行った物が、リバイバル化されて巷に溢れている。

折込みチラシの一枚に、任三郎の目が留まった。文字が倍に拡大して読める、モジバイルーペをかけてその見出しを読んだ。

『高齢者カルチャー教室』と書かれてある。

市役所が発行する広報で、高齢者向けに手習いを奨励する広告であった。タブレット型パソコン操作入門、電算税務処理講座という硬いものから、麻雀教室、書道教室、俳句教室などなど趣味が主体のものまで、十数種類のカルチャー教室が載っている。超高齢者の居場所を作る、行政の一環であった。役所にしては珍しく気が利いた政策であるが、その分がっぽりと住民税が取られている。

「おっ、あるな」

任三郎の目は、中ほどの一枠に向いた。そこには『高齢者作家養成講座』と書かれてある。『新規受講生募集　初回講座4月12日　以後月2回　第2と第4月曜日開催　受講料月額三千円』と内容が記されてあった。場所は、歩いて五分ほどの、市の出張所内にあるコミュニティーセンターである。略して『コミセン』という。ご応募の方はお電話をと書かれてあるので、任三郎はさっそく腕時計型携帯端末に、電話番号を声で吹き込み、参加を申し込んだ。


それから三日後が、初回講座の日にちとなっている。

教室の開催は、午後二時から四時までの二時間である。持っている人は、持ち運びができるタブレット型のパソコンを持参してと注釈がある。だが、任三郎はそんなものは持っていない。「ない人は、どうするんだ？」と口にしながら最後まで読むと、パソコンのない人は筆記用具だけでよいと書いてある。任三郎は、五十年前から持っていた大学ノートと鉛筆数本を、牛革のバッグに入れた。

さてと、一念発起を実行に移そうと、家を出ようとしたところであった。

「――どこに行くのさ？」

出がけにいきなり妻の伴子から声をかけられ、任三郎は答に戸惑いを見せた。

高齢者作家養成講座とは言えず、散歩だと答える。

「散歩にしては洒落たバッグなど持って、ずいぶんとめかしこんで行くんだね」

初めての受講に失礼があってはいけないと、ポロシャツの上に一張羅のブレザーを着込んでいる。格子縞のブレザーと折り目のついたスラックスが、余所行きの身形と取られた。

「まさか、これのところに行くんじゃないだろうね？」

伴子が、右手の小指を立てて言った。

「馬鹿やろ、そんなのいるわけねえだろ。家の中で、そんな下品な真似をするんじゃねえ」

伴子は一歳上の九十五歳にもなるが、気が強く相変わらず口の減らない女だと、任三郎は眉間に深い皺を寄せた。

「いやだね、真顔になってるよ。冗談てのが、分からないのかね。九十四にもなる爺さんの、どこ相手にする女がいるってのさ」

「人がこれから気分よく出かけようってのに、くだらねえ冗談など言うんじゃねえ」

任三郎は怒り口調で返すと、プイと踵を返した。そして家から出ると、玄関ドアを乱暴に閉めた。


コミセンの一室に入ると、そこは十畳ほどの広さで、会議用机がコの字型で配置されている。

任三郎が部屋に入ると、すでに四人ほどが座って時間が来るのを待っていた。四人のうち一人は、頭にベレー帽を被（かぶ）った講師である。正面の机に座り、にこやかな顔をして先着の三人と雑談を交わしている。

「いらっしゃい」

任三郎が遠慮がちに部屋に入ると、講師から声がかかった。六十代半ばの、一見まだ現役の作家を彷彿（ほうふつ）とさせる利発そうな男であった。その物腰から、どことなく小説家のオーラが漂っていると任三郎には感じられた。

任三郎は「よろしく、お願いします」と丁重に挨拶し、三十歳ほど下に見える男に向けて、腰を深く折って敬意を示した。ちょっと、顔も強張っているようだ。初めてのことなので、緊張はしている。

先着の三人は男が一人、女が二人である。

「四人さんが集まってくれました。それでは、はじめましょうか」

午後二時の定刻となって、初講座がはじまる。講師の自己紹介の前に、単行本が一冊受講生に配られた。

本がパソコン端末で読める電子書籍が普及しはじめて四十年ほど経つが、２０４４年の今もなお紙の本は健在である。タブレット型端末がどれほど進化しても、まだまだ電子書籍になじめない人も多い。それでも、三十年前は20％だった電子書籍の普及率が、今では半々ほどとなっている。

どんなに時代が進化したとしても、昭和中ごろ生まれの高齢者には、やはり紙の本のほうが馴染みがある。ここにきた受講生は、みな筆記用具持参のようだ。タブレット端末を持ってきた人は、講師以外にはいない。

「名刺代わりといってはなんですが、拙著を皆さんにプレゼントいたします」

ほぉーと感嘆の声を出し、受講生四人の敬いのこもる目が向いた。

「これは、私が十年ほど前に出版したものです」

ソフトカバーの単行本が、十冊ほど机の上に重ねられてある。新規受講生が十人ほどと、見込んで持ってきたのであろう。そこから四冊を、それぞれに配られた。

作者名に『武甲山広高』とあり、ぶこうやまひろたかとルビがふってある。

「……一度も聞いたことがないな」

本読みの任三郎は、けっこう本屋に出入りして作家の名には詳しいほうだ。思い当たらぬ作者名に、任三郎は誰にも聞こえぬほどの声で呟き、小さく首を傾げた。奥付を見ると発行が『野草書房』とある。これも、聞きなれない出版社であった。

「野草書房って、自費出版ですな」

すると、隣に座る男が小声でもって話しかけてきた。むろん、講師には聞こえぬほどの声音で。その男の口臭がきつく、任三郎は思わず顔を背けた。

本の題名は『一縷(いちる)の望みにかけて』と、極太の明朝体で大きく表記されている。『人生諦(あきら)めるなかれ　艱難汝(かんなんなんじ)を玉にす』と、小さな文字で副題も書かれてある。

題名からして、小説というよりも自己啓発本にも取れる。

――もしかしたら？

変な宗教に誘われるのかと、任三郎は不安に駆られた。対面に座る女性も、明らかに不安そうに顔を顰(しか)めている。だが、それは取り越し苦労と分かるのは、講師の次の言葉にあった。

「もしかしたら皆さんは、この講座が変な宗教などと、訝しがったのではありませんか？　公共が後援する講座で、そういうものはございませんからどうぞご安心ください。そうでないことは、本の中身を読んでいただければ分かります」

講師の言葉に、受講生側からほっと安堵のため息が漏れた。みな、任三郎と同じ思いだったらしい。そして、講師の自己紹介がなされる。

「私の名は、むろんペンネームであります。秩父の生まれですので、そこの山から名を取りました。著書はこれ一冊でありますが、けっこう評判がよく、評論家からも絶賛を博しました。本業は、本町三丁目で床屋を営んでいます」

――どうりで、理髪店が休みの月曜日に講座が開講されるのか。

任三郎は、口に出さずに得心した。

「ですが、私は子供のころから……」

文学に精通しているようなことを語っている。自費でもって一冊でも本を出せば、作家養成講座の講師になれるのかと、案外ハードルの低いことを任三郎は知った。いつしか、武甲山講師の自己紹介が終わっている。

「講座に入る前に、みなさんの名前を知らなくてはなりません。まずは、自己紹介をお願いします。できればお齢と、小説を書きたくなった心境などをお聞かせくだされればありがたいですな」

受講者の気持ちを和ますように、講師の武甲山が突き出た前歯を晒して笑顔を向けた。

二

生徒三人の齢は、みな任三郎より下であった。

一番年下は、この年八十歳になる女性で名を吉中小百合といった。往年の大女優を彷彿とさせる名であるが、面相はそのイメージを崩落へと追いやる。

「これから奮起して、尊敬する瀬戸内寂聴さんのような小説を書きたいと思っています。尼さんにはなりませんけど」

吉中小百合の自己紹介は、自分でクスリと笑って終わった。

――ずいぶんと、理想の高いところを目指すものだ。

身のほど知らずと思うも、任三郎は口には出さない。

二人目の向かいに座る女を初めて正面から見据えた瞬間、任三郎は目を瞠った。

昭和三十六年生まれの八十三歳というが、とてもその齢には見えない。

「嘘でしょう」

年齢を聞いたとき、任三郎は思わず唸ったくらいだ。どう見ても十五、いや二十歳は若い。多少目尻に皺ができているが、顔立ちは熟女と言うほうが当たっている。

着るものも垢抜け、さりげなくブランド物のワンピースを着込んでいる。アクセサリーも派手さはなく、自重しているところが心憎い。

「わたし、綾野遥と申します。小説を書きたいと思いましたのは、十年ほどずっと独り暮らしで、自分にも心のよりどころが欲しいと思い、小説を選びました。みなさまどうぞ、よろしくお願いいたします」

言葉にも、品性が漂っている。

――伴子とは、えらい違いだ。

作家養成講座に通う活力が、任三郎の中で滾ってきた。年がいもなく、心の中に疼きを感じる。

――いい齢をして。

九十四歳の自分に言い聞かせるも、全身の血が頭に上っていくのが分かる。顔が赤く上気しているのを、真向かいに座る綾野遥に気取られたくないと、任三郎は下を向いた。

「そちらのお方……」

講師から二度ほど呼ばれて、任三郎はふと我に返った。顔を上げると、向かいに座る遥が、口を手で隠して笑みを浮かべている。他人を卑下する表情ではない。少なくとも、親しみがこもるような表情に見える。

任三郎の、自己紹介の番となった。

九十四歳と、自分の齢を晒したところで「ほぉー」と驚愕の声が聞こえてきた。中には『お若いですわ』と聞こえたが、その言葉を発したのは綾野遥と知って、任三郎の語りはにわかに呂律(ろれつ)が回らなくなった。それに対しても、遥がクスリと笑みをこぼす。

――そういえば、独り暮らしと言っていたな。離婚か、死に別れか？

綾野遥が、いきなり任三郎の心の中に入り込んできた。

任三郎は、五十年ほど前に部下であった女と浮気をしたことがある。こんな心持ちになったのはそれ以来、まさしく半世紀ぶりであった。

――老いらくの恋。どこに恥ずかしがることがあろう。

そんなことを考えているから、自分が何を口にしているのか分からない。しどろもどろのうちに、自己紹介は終わった。

「桜田さんはスピーチより、書くほうが得意なようですな」

世辞ともいえる、武甲山の言葉が任三郎に向いた。どうやら、名前は覚えてくれたらしい。

もう一人隣に男が座っているが、どうやら任三郎が上気しているうちに自己紹介は終わったようだ。もっとも、男の名などどうでもいいと思っている。任三郎より五歳下の男とは、あとで知ったことだ。口臭ばかりでなく、脂ぎって加齢臭がきつい。任三郎は、一脚分椅子を遠ざけて座っていた。

前振りが終わり、いよいよ講座の開始である。

講師の武甲山が立ち上がり、講義の一声が放たれる。

「これまで、小説というものを書いたことがおありですか？　ある方は、手を挙げてください」

すると、手を挙げたのは任三郎の隣に座る男と、吉中小百合の二人であった。

武甲山の質問が、男と吉中小百合に向く。

「これまで、どんなものをお書きになりました？」

「短編ですが、恋愛物を……」

恥ずかしそうに、老女が答える。

「俺は、推理小説を一編」

男が、誇らしげに答えた。するとカバンを広げ、中から紙の束を取り出した。昔ながらの四百字詰め原稿用紙で、百枚ほどの束がクリップで留められている。原稿用紙のマスに、びっしりと文字が埋まっている。

「ほう、手書きの原稿ですか」

珍しいものでも見るような目つきで、武甲山の顔が原稿に向いている。

「二十一世紀の半ばになっても、手で書く人がいるのですな。いや、皮肉ではなく感服しているのです」

手書きの原稿は三十年ぶりに見たと、武甲山は言葉を添えた。

ずっと以前からプロの作家はパソコンで文字を打ち込み、手書きの原稿はほとんどなくなっていた。

「私は、これを使って今は小説を書いてます」

と言って武甲山講師が、ノートパソコンが改良されたタブレット型端末を軽そうに持ち上げ掲げて見せた。出始めのタブレット端末は読み取り機能しかなく、電子書籍や映画を鑑賞するだけの物として普及した。それが、二十一世紀半ばとなった今、それは液晶画面上で長文の文章を打ち込めるほど、格段と機能が進化していた。ノートパソコンよりもはるかに軽くて、どこにでも持ち運びができ、小説などもこれで書き込むことができると、利用する作家が増えている。

「これが使えれば、とっても便利ですよ。使い方を学びたい方は、別の講座にある『タブレット型パソコン操作入門』で習ったらよろしいです」

そして武甲山は、男の原稿を手に取ると「すらすらと、漢字を書けるというのは、たいしたものですな」と言いながら、パラパラとめくって見ている。

「途中で終わっているようですが？」

「その先が、どうも書けませんで」

武甲山と男のやり取りを、任三郎たちは黙って聞いている。

「なるほど。でしたら、これはお返しします」

「読んでいただけないんで？」

「最初の一行を読みましたので、けっこうです。やはり、基礎から学ばれたほうがよろしいかと思われます」

武甲山の評価は厳しく、任三郎は襟(えり)を正す心持ちとなった。

「たった一行読んだだけで、分かるので？」

男が、憮然(ぶぜん)とした面持ちで訊いた。

「はい、おおよそは。ですが、小説を書きたいというお気持ちは充分に伝わります。なかなかここまで手書きでは書けませんから。もしよろしければ、最初の一行を朗読してもよろしいですか？」

「ええ、みなさんにも聞いてもらって、どこが悪いか教えてもらえればありがたい」

ならばと言って、武甲山が読み出す。

「この日麻子(あさこ)は頭痛が痛く、布団の上に包(くる)まり天丼を見つめながら目を閉じて眠りについていた」

出だしだけ読んで、武甲山は朗読を止めた。

「まずは、誤字から言いますと、天丼ではなく天井ですな。点が一つ余分です」

武甲山の指摘に、誰ともなくクスリと笑い声が漏れた。

「みなさんは、この文章のどこがおかしいか分かりますか？」

武甲山の問いが、受講生三人に振られた。天井以外は名文だと思い、任三郎は首を振った。ただ、これまで読んだ小説にはない、違和感を感じる取ることはできた。

武甲山の講義は、男の作品から離れ、話が別のほうに向いた。

「あとのお二方は、まったく書いたことがないと……？」

「はい。ゼロから教わりに来ました」

遥の答に、任三郎は好感をもった。なまじ手書きの原稿を見せつけるより、謙虚さがこもっていると。

「昔から本はたくさん読んでいたんですが、書くほうは苦手でして」

任三郎の答を、武甲山は大きくうなずきながら聞いている。

「でしたら多胡さんの、この一文を宿題といたしましょう」

言いながら武甲山は、タブレット端末に出だし一行を打ち込み、そのままプリントアウトした。それを、受講生それぞれに渡す。男の名が多胡というのを、任三郎はここで初めて知った。

「次の講座までに、この文を推敲してきてください。推敲とは、おかしいところを直したり、文章を書き換えたりすることを言います。多胡さんも、ご自分で直してみてください。それを、著者校正とも言いますな」

聞いたことのない難しい単語が二つほど、言葉の中に入っている。「……ちょしゃこうせいってなんだ？」その意味を訊こうと任三郎は思ったが、自分の無知をさらけ出すようだと見栄（みえ）を張り、この場は留めることにした。

その後、武甲山は小説を書く上での心構えを説いて、この日の講義は終わった。

外に出ると、西日がやけに眩（まぶ）しい。

四月の中旬、しかも夕方というのに汗ばむほどの暑さを感じる。春の短さを感じさせる季節の移ろいであった。

幸運にも、任三郎と綾野遥は帰る方向が同じであった。だが、一緒に肩を並べて歩くほど親しくはなっていない。任三郎が先になって、家路に向かう。コミセンから、百メートルほど来たところであった。

「あのう……」

任三郎の背後から、声がかかった。振り向くと、そこに遥が立っている。西日に照らされた遥の顔が、やけに眩しく任三郎の目には映った。室内で見るより、さらに若く見える。昨今の、美顔エステや整形術は格段に進歩し、施しによっては二十歳も三十歳も女性を若くさせる。もっとも、誰しもがその恩恵を受けられるものではない。やはり、高額所得者層の一部の人間たちに限られている。綾野遥は八十三歳にしても、それだけの美貌を保っていた。

——相当なセレブ。

ふと任三郎の脳裏をよぎったが、それを表面にはおくびにも出さない。

「何か……？」

「ちょっと、お時間をいただけませんか？」

あろうことか、遥のほうから誘ってきた。

言葉遣いも、そんじょそこいらの老婆とは違う。任三郎は、年の離れた娘と話しているような錯覚にとらわれた。

「よろしいですが……」

少し眉根を寄せて答えたが、むろん任三郎に異存はない。だが、心の中が見透かされてはまずいと、わざと訝しげな表情を見せた。

「ご迷惑でしたら……」

——おっと危ない。

せっかくのチャンスが手から漏れる。

「迷惑だなんて……お時間ならば、たっぷりとございますから。あとは死ぬまで、時間は全部自分のものです」

任三郎の返事に、綾野遥がクスクスと笑っている。いい調子だと、任三郎は自分の言葉に惚(ほ)れた。ならばと言って、二人は並んで逆方向に引き返す。向かう先は、S市中央駅のほうである。高層ビル街の下には、向かい合って座れる飲食店がいくらでもある。

任三郎は、好きになった女との初デートを思い出し、胸がツンと突かれたような感覚にとらわれた。

――もう、あれから八十年も経つのか。

その時の光景が、鮮明に脳裏に蘇(よみがえ)る。齢がいくつになろうが、いつまでも青春は満喫できるものだと、任三郎は感じていた。

「お腹が空(す)いてませんか？」

「そういえば、少し……」

小腹が空いたと、二人は地下の飲食街にある小洒落(こじゃれ)た寿司バーに入った。カウンターでなくボックスを選び、向かい合って座った。人手不足の解消から、昨今はどこの飲食店でもタッチパネルで注文を出す。どうも年寄りには、それが面倒くさく苦手である。しかし、高級を謳うこのような店では、蝶ネクタイをした黒服のウェイターが、直に注文を取りにくる。

「綾野さんは、お酒は？」

「少々……」

注文を取りにきたウェイターに、任三郎は地酒の冷酒と八寸料理を酒のアテとして頼んだ。メニューには『八寸　5000円』とあったが、セレブの貴婦人を前にしたら細かいことは言ってられない。任三郎は、ここが勝負とばかり太いところを見せた。普段は細々とした年金暮らしだが、金とはこういうところで使うのだと心得ている。ちなみに八寸膳二人分で、一万二千円となる。内の二千円は消費税である。

十年前に、超高齢者保護対策の財源確保のため、消費税が20％となった。百歳以上になると、証明書を提示すれば消費税は免除される。だが、財源が足りず、二年後の2046年十月から百歳以上にも、10％の負担を請おうと閣議決定された。それでもまだ追いつかぬと、政府からは一律30％の案が出されているが、これは野党からの猛反対に遭っていた。しかし、それも近い将来実現せねばと、六年後の2050年の施行をめどに法案が出され、国会は騒乱状態であった。

三

料理が出てくる前に、遥が話を切り出す。

「きょうの、小説講座のことなのですけど」

話題とすればそれしかないと、任三郎もうなずいて同じた。すると遥は、エルメスの高級バッグの中から、四つに折ったＡ４の紙を取り出した。講師の武甲山が配ったものである。

多胡の作品の出だし一行が、任三郎と遥の仲を急速に近づけさせる。

「これって、どこを直したらいいのか桜田さんに分かります？」

教えてもらいたいので、任三郎を誘ったのだと遥は言う。ここで、知ったかぶりをしてよいのか、謙虚に分からないと言ったほうがよいのか、任三郎は答に迷った。

「そうですな……」

そのとき丁度「お待たせしました」と、ウェイトレスが料理を運んできた。八寸角の盆に海鼠腸（このわた）、海栗（うに）、唐墨などの珍味や季節の小料理が、小鉢や小皿に盛られて載っている。冷酒が入った二合の徳利も、副えられている。

「どうぞ……」

遥が、徳利の口を向けて酌をする。

「どうも」

任三郎が、遥の酌を受けながら考えている。そして、返杯をしながらおもむろに口にする。

「これは、小説の体をなしてはいませんな」

任三郎は、知ったかぶりを気取った。出だしの文章で、二つ気づいたところがあったからだ。

「ずいぶんと、手強いことをおっしゃいますのね」

「そうじゃありませんか。布団の上に包まりってありますが、そんなことできますかね？」

「あっ、ほんと。そう言えば、そうですわね」

「それに、ここもおかしいでしょ」

注がれた酒を、ぐいと一口で呑み干してから任三郎は紙面の文章に指を指した。

『天井を見つめながら目を閉じて眠りについていた』と、そのまま口に出して読んだ。

「てんどんには笑っちゃったけどそれはそれとして、見つめながら目を閉じるってできるものかね？」

「桜田さんの話って、勉強になりますわ。あの先生より、これから桜田さんに教わろうかしらん」

「それほどでも……」

もう一つ、文章でおかしなところがあるが、任三郎も気づいてはいない。

「この料理、美味しい」

鼻にかかった声で、遥が口にする。その口調の艶っぽさに、任三郎の胸がドキンと一つ高鳴りを打った。

――いかん、血圧が上がる。

老人らしき心配が、脳裏をよぎる。だがそこに、綾野遥の二の矢が飛んできた。

「桜田さんて、本当にそんなお齢なの？　だとしても、二十歳はお若く見えますわ」

遥の、一言一言が任三郎の心を刺激する。

「綾野さんだって、どう見ても六十代いや五十代に……」

「いやですわ。もう、八十も半ばだってのに」

講座で並んで座っていた数歳下の、吉中小百合とは雲泥の差である。両者とも、美人女優と名が似てるも、向こうがカラスなら遥はツルにも喩えられる。

いつしか話題は、小説から逸れている。

「桜田さんて、お独りなのかしら?」

問われて任三郎は、伴子の皺顔を脳裏に思い浮かべた。そして、その顔を頭の中から消し去った。

「えっ、まあ……」

「でしたら、たまにはこうしてデートを楽しみません?」

「それは願ってもないことで」

たまにはアバンチュールもよかろうと、任三郎は軽い気持ちであった。

「小説のことなど語り合えれば、楽しいですわね」

綾野遥が、任三郎の胸の内をドンと突いてきた。据え膳食わぬは男の恥とばかり、任三郎の気持ちは大きく傾きをもった。

「一緒に作家を目指しましょうか?」

「ほんと？　でしたら、嬉しいですわ」

気心を合わせるため、ぐい呑で乾杯をする。

「綾野さんは、十年前からお独りと聞きましたが……」

「綾野さんなんて、他人行儀な。遥と呼んでいただいて、けっこうですのよ」

「それでは、遥さん……」

まさか、初めて会ったその日に、遥などと呼び捨てにはできない。くすぐったい気持ちで、任三郎は遥の名を口にした。

――思えば、こんな気持ちになったのはいつ以来だろう？

すぐには思い出せないほど、任三郎にとって、はるか遠い彼方（かなた）のことであった。

「遥さん、ご主人は……？」

「ええ、十年前に亡くなって、今は独り暮らしの後家ですわ。そうだ、今度、私の家に来ていただけないかしらん。こういうところでお会いしていては、いくらお金があっても足りませんわ」

心遣いまで行き届いた人だと、任三郎は遥に更なる好感を抱いた。

百三十歳を過ぎた母親と、一歳年上の女房、長男と嫁夫婦。さらに二十五歳になって引きこもる孫。五人の家族を捨てて、遥と共に暮らすのも悪くないかと、真剣に考える任三郎の眼差しとなった。

前立腺は、とうの昔に機能を発揮しなくなっていた。今や小便だけしか役に立っていないが、セックスばかりが男の本能ではない。

――二人に共通する生きがいさえ持てば……。

人生最後の花を咲かすことができる。任三郎の頭の中は、バラの花が咲き乱れていた。

「桜田さん……」

二度ほど名を呼ばれ、任三郎はハッと我に返った。

「何をお考えなさっていたの？」

「いや、なんでもないです。しいて言えば、遥さんといれば楽しいかなと」

気持ちは、極端にも結婚を前提にと至る。しかし、残された人生をいかに急いでいるとはいえ、初めてあった日にそこまでは口に出せない。グッと腹に収め、それを口にするのはあとのタイミングを模索することにした。その前に、同居の家族から離れるための一算段をしなくてはならない。これをどうするか、任三郎にとって一番の関門であった。

いつしか、八寸の料理は食べ尽くされている。

「何か、握ってもらいますかな？」

寿司を頼もうと、任三郎は遥を誘った。

「でしたら、並のにぎりでけっこうですわ」

「特上でもいいんですよ」

任三郎は、精一杯の見栄を張った。ここの寿司屋は、並でも税抜きで二千円はする。そこにも、20％の上乗せがされるのだ。任三郎、精一杯の見栄である。

「いえ、ここのお寿司は並でも本当に美味しいですわよ」

話からして、遥はこの寿司屋の常連に取れる。その言葉を、任三郎は遠慮と取った。遥の一言一言が、今の任三郎の胸にズシンと突き刺さる。

「それよりも、もう少しお話をしていたいですわ」

午後の五時を、いくらか回ったところである。外はまだ、明るい。家族を捨てようとしている男が、家路につく時間ではない。

「遥さんさえよければ……これから毎日、あしたという日が楽しみになります」

歯が浮いたような台詞を、任三郎は口にした。

遠い古に観た映画『カサブランカ』を思い出す。任三郎は、ハンフリー・ボガートになった気分に浸った。すると遥は、イングリッド・バーグマンか。百年も前に作られた映画で、任三郎はそれを若いころにテレビで観た記憶があった。

「桜田さんは、どんな小説を書かれようと思っているのですか?」

寿司をつまみながら、話題が小説のことに戻る。

「まだ、何も考えてませんが、できれば好きな推理小説でも」

「推理小説かあ、書ければいいなあ」

少女のような眼差しが、任三郎に向いた。会話だけ取れば、とても九十四歳と八十三歳とは思えない。

「でも、推理小説は書くのが難しそうです。さっき講師の先生が言ってたとおり、とにかく最後まで書いてみようかと」

講義の中で、武甲山が言っていた。「――作家になるために一番大切なのは、初めて手がけた作品を、出来の良し悪しは気にせずに、最後まで書き通すことです」と。それにより、自信がついてくるとも言っていた。

「長編になればなるほど、自信が深まるとも言ってましたね」

「ええ、そうでしたな。できれば原稿用紙換算で、三百枚以上……」

「そんなに、書けるかしらん?」

「それが書き上げられれば、次も書こうって意欲が湧いてくるそうですな」

「だったら私、頑張ります」

小さな拳を握り、遥はガッツを示す仕草をした。そんな、チャーミングな振舞いにも、任三郎の気持ちはそそられる。

「遥さんは、どんなものを？」

任三郎が、興味深げな表情をして訊いた。

「わたし、実は……」

と言ったまま、口が止まる。うつむき加減で、その先の言葉が出づらそうだ。

任三郎は、話を促すことなく次の言葉を待った。すると、おもむろに遥の小さな唇が動いた。

「私が書きたいのは、官能小説……」

意外であったが、任三郎はありえるとも思った。こんな美人がといった女流作家に、官能小説を書く人が多い。むしろ、美人だからこその経験値から、男と女の性愛を表現できるのかもしれないと、任三郎は素人ながら思い小さくうなずきを返した。

「あら、変に思っていないのかしら？」

「変ては？」

「官能小説って、男と女の隠微な世界を書くことですのよ」

「知ってますよ、そのくらい」

「でしたら、いやらしいお婆ちゃんって思わないのですか？」

「いやらしいだなんて、とんでもない。それと、自分をお婆ちゃんなんて言わないほうがいいですよ。まだ、とてもお若いのだから。それはそうと、遥さんの官能小説、ぜひ読みたいものですな」

「いや、恥ずかしい」

「その仕草も、なかなかお若い」

もしかしたらという気持ちになったが、いかんせん下半身に疼きはない。あとお互いに三十年、いや二十年若ければと、任三郎は自らの下半身に目を向けて思った。

四

沈香も焚かず屁もひらずで生きてきた真面目一筋の男が、一度火がつくと歯止めが利かなくなるとは、よく聞く話である。

その日任三郎は、夜の帳が下りた七時過ぎに家に戻った。できれば、綾野遥の家に泊まりたかったが、初日からそういうわけにはいかない。次の受講日まで二週間も間が空いている。五日後の再会を約束して、この日は別れた。

家に帰ると、妻の伴子が不機嫌そうな顔をして待ち受けていた。

「ずいぶんと長い外出だったね。徘徊して、どっかに行っちまったかと思ってたよ。もう少ししたら、警察に連絡するところだった」

言葉が大仰な割には、騒いではいない。

痴呆の出た母親の面倒を見て、家のことをよくやってくれる女房だと思っていたが、この夜は伴子を見る任三郎の目が違っている。

食卓にはお湯で戻したご飯と、お湯で戻した煮魚、お湯で溶いた味噌汁（みそしる）と、そして桜田家伝来の糠（ぬか）味噌で漬けた胡瓜（きゅうり）のお漬物が載っている。いつもなら旺盛に食べるのだが、この日の夕食は食欲が湧かない。そんな物より、ちょっと旨（うま）い物を食ってきた。卑下する眼差しで、任三郎は食卓を見やっていた。

「あれ、どうしたのさ?」

箸になかなか手をつけない任三郎に、伴子から声がかかった。

「いや、駅で古い友だちと会ってな、そこでちょっと一杯引っかけてたんだ」

「そうだったのかい。だったら、ご飯は片づけるよ」

九十五歳になるが、動きが素早い。さっさと夕餉が片づけられて、湯呑が差し出された。熱いお茶を啜っているところに、伴子が話しかけてきた。

「古い友だちってのは、顔に白粉を塗した人じゃないんかい？」

「何を言ってやがる。いい齢をして、焼き餅なんぞ焼くんじゃやねえ」

「別に焼き餅なんか焼いてないし、いくらでも女の人と付き合ってけっこう、あんたも若返るしね。でも、これだけは言っとく」

「なんだ？」

「女の人に、お金だけは使っちゃ駄目。うっかりすると、けつの穴の毛まで抜かれちゃうからね」

伴子は、見透かしていたような言い方をした。どこで分かったのかと任三郎は考えるも、思い当たる節はない。それよりも、伴子の下品な言い回しが任三郎には気になっていた。綾野遥の物腰とは、えらい違いだと。

お金だけは使っちゃ駄目と言われても、すでに寿司屋で二万円は叩いている。一日でそれほどの散財をしたことは、年金生活に入ってから一度もない。ということは、この三十年間一度もなかったことだ。しかし心配するなかれ、老後に備えて貯めてはいる。そのくらい使ったところで、痛くも痒くもない。むしろ、久しぶりのこの気分の高揚は、充分にその価値をもたらすものであった。それと、伴子の諫言は任三郎には届いていない。綾野遥の話を聞くにつけ、相当な資産家であることがうかがえたからだ。夫の遺産と生命保険で、充分暮らしていけるとも言っていた。

「……けつの穴の毛まで抜かれるなんて、とんでもない」

不快な気分が脳裏をよぎり、任三郎は音を立てて湯呑をテーブルに置いた。

「どうかしたんかい？」

「いや、なんでもねえ。もう、寝るわ」

任三郎が立ち上がり、部屋から出ていこうとしたところで、風呂から上がってきた倅の嫁である美砂代とすれ違った。

「お休みなさい、お義父さま」

挨拶だけは、一丁前である。

「ああ……」

不機嫌な声を返し、任三郎はダイニングをあとにした。

髪の毛をタオルで拭きながら、任三郎のうしろ姿を、美砂代が目で追っている。伴子に、何かを言いたげな表情だ。

「お義父さま、今日女の人と一緒にいらしたわよ」

任三郎が二階に上がったのを見計らい、美砂代が伴子に告げた。

「やっぱりそうかい。なんだか、美味しいものを食べてきたみたいだよ。夕飯には、ちっとも箸をつけなかったし」

「そうでしょうよ、きれいな女の人と高そうなお寿司屋さんに入っていったのですもの」

伴子の第六感よりも、有力な情報であった。嫁の美砂代の目にも、かなりの美貌に見えたらしい。

「寿司なんて、この四十年ご馳走してもらったことなどないね」

「あらわたし、余計なことを言ったかしら?」

ばつが悪くなったと、美砂代は髪の毛をタオルで包み、自分の部屋へと戻っていった。

「……何もなければ、いいんだけれど」

伴子の心配は、別の方向に向いている。高齢者老人につけ入る女詐欺師のことが、昨今話題となっている。昨日も超高画質の16Kテレビで、そんなニュースを観たばかりである。

「……そういえば昔、後妻業のなんとかって映画を観たことがあったね」

伴子が茶を啜りながら、呟く。老齢の資産家が若い女にいい寄られ、入籍した直後に命を奪われ、財産全てを乗っ取られたという話である。

「うちは、資産家ではないか」

ふっと、鼻で荒く息を吐いて、伴子は独りごちた。

自分の部屋で任三郎は机の前に座り、A4の紙を広げている。

多胡の書いた、文章の直しをしているところだ。

綾野遥とは、互いに電話番号を交換してある。昔はラインだとかメールなんてあったが、今はそれは事務用の連絡だけでしか使わなくなっていた。文字だと記録が残り、それを消し忘れて、離婚の原因と騒がれたことがあったからだ。

今は、個人のやり取りは腕時計型かペンダント型の携帯端末に記憶させる。それを読み取るには、平面な場所ならばどこでも映し出されるバーチャル画面にてである。吹き込んだ声とか、センサーで読み取った文字が、画面に変換されて読めるのである。そして、それはすぐに消せて他人に読まれることはない。

今や子供から超高齢者まで、そんな携帯端末を持っていないと、生活が成り立たない時代となっていた。まともに買うと貧乏人には手が出ない高額な代物であったが、低所得者層と九十歳以上の老人、そして子供には国や大企業がある程度の補助をしてくれて、全国民が保有できている。消費税30%の法案が出るのも、いたしかたないところか。

綾野遥との再会は、五日後と約束してある。だが、任三郎にとって火がついた心は、五日も待てない。いつポックリと逝ってしまうかと思うと、悠長なことはいってられないのだ。年寄りが気の短いのは、そんな一端があるからだ。

今夜中に多胡の文章を添削し、明日には綾野遥に連絡を取る。その算段に、多胡の文章は絶好の口実であった。そのためには、今夜中に直さなくてはならない。

［この日麻子は頭痛が痛く、布団の上に包まり天井を見つめながら目を閉じて眠りについていた］

二箇所はすぐにおかしいと分かったが、まだどこかに違和感がある。任三郎は、気づかぬうちに睡魔が襲ってきた。寿司バーでの二合の酒は、ほとんど自分が呑んだ。それが夜更かしには利いている。いつもは、午後九時ごろに床につくが、今は八時を少し回ったところであった。

「朝起きてからやるとするか」

小型のマッサージ器を背中にあて、任三郎はベッドに横になった。肩甲骨の内側のツボを刺激されながら、快感が口から漏れる。

「嗚呼(ああ)、気持ちいい……」

今ごろ、綾野遥がこんな文章を書いているかと思うと居た堪(たま)れなくなる。

「オレの持っている財産、みんな彼女にくれてやってもいい」

やはり歯止めがかからない。自分の貯金はいくらあるんだと、計算していくうちに任三郎は、深い眠りへと落ちていった。

翌日の昼ごろになって、任三郎は綾野遥の名を腕時計端末に吹き込んだ。

呼び出し音が三回ほど鳴って、すぐに女の声が補聴器型のイヤホン越しに聞こえてきた。年寄り用のイヤホンは、受話器と補聴の両方の機能が兼ね備えられている。

「多胡さんの文章の添削ができましたので、すぐに会えますか？」

年寄りの五日後というのは、待つには遠く感じるが、経つのは速い。時の流れの速さは、若い時の半分ほどの感覚である。それでも任三郎にとって、五日は待ちきれない。

〈もちろんよろしいですわよ〉

断られると心配したが、案ずるより産むが易しである。

「でしたら、お宅にうかがってもよろしいですかね？」

〈いいのですけど、すごく散らかっていて。でしたら、できれば外でお会いしたいですわ〉

――まだ、家にうかがうのは早かったか。

焦りが口に出たかと、任三郎は逸る気持ちを抑えた。

昼食を一緒にしようと、駅近くのファミレスで落ち合うことにした。アバンチュールを楽しむも、年寄りは他人の目など気にしない。

ボックスシートで向かい合い、軽い食事を注文したあと任三郎はバッグから紙面を取り出した。

「もう一つ、おかしなところが分かりましたよ。添削の宝庫ですな、この文章は。さすが講師の先生も、いい例題を出してくれる」

「私にも分かりましたわ。頭痛が痛いといったところでしょ。あら、今桜田さんも言った、重ね言葉」

「ほう、なんて？」

「講師の先生って、どちらかいらないいんじゃないですか？」

「なるほど、さすがよく気がつきましたね」

会話が弾む。

自分の誤りが指摘されても、それは快い話のやり取りである。任三郎にとって、久しぶりに感じる至福のひと時であった。

「そうだ、桜田さんに読んでいただきたいものが……」

「遥さんの、作品ですか？」

「ええ……昨夜、少し書いてみましたの」

「ぜひ、拝読したいものですな」

「恥ずかしい……」

うつむく姿がなんともいじらしいと、任三郎はますます遥に惹かれる。

「いずれはどなたかに読まれるものでしょ」

任三郎の一押しで、遥はバッグからクリップで綴じた原稿を取り出した。Ａ４

の用紙が四、五枚ある。パソコンで打たれ縦書きでプリントされているが、素人が一晩で書いたにしてはけっこうな量だ。

「ちょっと、読んでいただけます？」

遥は、原稿を裏返しにしてテーブルに置いた。ウェイトレスが、注文の品を運んできたからだ。

一行目の、大きめの文字に任三郎の目が向いた。

『秘密の花園　赤い薔薇（ばら）のしずく』

題名からして、なんとも艶（なま）めかしい。齢も忘れて、任三郎はゴクリと生唾を呑んだ。

「これ、差し上げますからお家で読んでいただけないかしら。目の前で読まれたら、やはり、恥ずかしいわ」

「分かりました」

本文の一行目から、顔が赤くなるような文章が書いてある。遥が言うのももっともだと、任三郎はうなずきながら返した。

「それでは、楽しみに家で読ませてもらいますよ」

任三郎は、原稿を二つ折りにしてバッグにしまった。

「あとで、ご感想でも聞かせていただけたらありがたいですわ」

「ええ、もちろん。だけど、ボクなんぞの書評など気にせず、どんどん先を書かれたらよろしい。なんせ、書き上げることが作家の第一歩と、講師の先生……いや、講師の方が言ってましたからな」

「ええ、最初の四、五枚書いてましたら、なんだか楽しくてやめられなくなりそう。最後まで書き上げる自信はありますわ」

「楽しく書けるのが、一番なのでしょうな」

「それよりも、早く桜田さんのお原稿を読みたいです」

　お原稿と言うだけで、育ちのよさが知れる。

「今夜から書きはじめようと思ってる。いくらか出来たら、読んでもらいますわ」

「楽しみにしてます」

　それからというもの、軽い昼食を済ませこの日はそれで別れた。遥に住まいを尋ねたが、それは今度と教えてはくれなかった。

五

家に戻った任三郎は、そのまま自分の部屋に閉じこもった。

「昼ごはんは？」と訊く、妻の伴子の問いに答えることなく階段を駆け上がった。

部屋に入るとさっそくバッグの中から、遥の原稿を取り出した。

「……まるで、プロの原稿みたいだな」

講師の武甲山からは、まだ書き方の約束事は教わっていない。それでも、体裁が整った原稿であるのは素人目でも分かる。

任三郎は、題名を飛ばして本文を黙読しはじめた。

［由梨絵は生まれたままの姿で、けだるい朝を迎えていた］

出だしから、際どい描写である。

［カーテンの隙間から差し込む鋭利な光が、ベッドに横たわる黒い肉塊に、剣のごとく突き刺さっている。ついさっきまで、あの黒光りする肉塊が由梨絵の花弁を玩(もてあそ)んでいた。まだ体の芯に残る疼きを再燃させるかのように、由梨絵は自らの股間に……］

と読んだところで、任三郎は原稿から目を逸らした。

「……とても、初めて書いたとは思えんな」

呟きが、口をついて出る。これが、八十三歳になる女が書いた文章かと、疑いが脳裏をよぎった。

「……ん？　ちょっと待てよ」

任三郎は、一言漏らすと原稿を置いて立ち上がった。自分の部屋を出て、階段を下りると、納戸に使っている六畳間の襖（ふすま）を開けた。

「お昼はいらないのかい？」

伴子から声がかかったが、返事はしない。納戸の奥に押入れがある。段ボール箱が積まれて置いてある。任三郎は、不要な箱を外に出し、奥のほうにある『伊予愛媛みかん』と書かれた箱を取り出した。ガムテープで留めた蓋に『文庫本K』と記されてある。

「何をやってるのさ、そんなところで？」

任三郎が振り向くと、伴子が不審げな顔をして立っている。

「なんでもねえから、あっちにいってろ」

顎で伴子を追い払う。

「きのうから、おかしいねえ。何かあったのかしらん？」

首を捻りながら、伴子が部屋を出ていく。任三郎はそれにはかまわず、段ボールの蓋を開けた。Kとあるのは、官能小説の略だ。ちなみに、推理小説はSで、時代小説はJと印されている。

「捨てないでよかった」

愛媛みかんの箱に詰まった文庫本の中から、任三郎は一冊を抜き出した。

「……これだな」

任三郎が手にした本は『愛の花園　疼く薔薇のしずく』という題名であった。三十五年ほど前に『荒川由美子』という作家が書いた作品であった。任三郎は、三十年も前に古書店で買ってきた五冊千円の中の一冊であった。

任三郎はその一冊を取り出すと、押入れを元に戻し、自分の部屋へと戻った。

任三郎は、荒川由美子の書いた愛の花園を開き、第二章を読みはじめた。

「やっぱり、これか」

どことなく、文章のフレーズに憶えがあった。だが、物語の筋はまったく忘れている。ずいぶんと昔に読んだ本である。とっくの昔に、脳みその中に溶け込んでしまった記憶であるが、何かの拍子で思い出すこともある。

一字一句違うことなく、文章は延々とつづく。

「なんだか、急に萎えたな」

任三郎は、綾野遥に失望感を抱いた。女としては磨かれているだろうが、人間的にどうなのだろうと。

荒川由美子は、さして売れている作家ではなかった。その人の作品ならば、世の中にさほど出回ってはいない。それならバレないだろうと、文章を写し取ったのだろう。完璧な盗作である。

「まさか、オレが読んでないとでも思ってたのだろうな」

残念半分失望半分で、任三郎の脳裏から綾野遥の魅力は、煙のように消え失せた。

それから二日後の、午後一時をいく分回ったころ。

任三郎の携帯に、電話着信の合図があった。軽い振動を腕に感じると、任三郎は文字盤を見た。着信は、綾野遥からのものであった。耳にイヤホンをあて、腕時計のベルトの留め金に口を近づけると会話ができる。スピーカーモードではないので、相手の声は外に漏れない。

〈もしもし、桜田さん……？〉

「そうですが……あっ、遥さん」

口調が強張っているのを感じ、任三郎は声を柔らかく戻した。

〈ごめんなさい、急に。お約束の日に、あと二日もあるってのに電話しちゃった〉

「いや、いいんですよ。ボクも声を聞きたかった」

〈よかった、電話して。ところで、読んでいただけました？〉

「ええ、拝読しました」

なぜか、必要以上に任三郎の言葉が丁寧になっている。

〈どんな感じだったか、早く知りたくて……〉

「そうですか。いやあ、この齢になってあのような文章を読みますと、まだまだ血が滾ってきますな。いい若返りの秘訣となります」

〈恥ずかしかったけど、読んでいただいてよかった〉

「こちらも、読ませていただいてよかったです」

気持ちの奥底を見せず、任三郎は話に応じた。

〈もしよろしければ、これからお会いできませんか？〉

「それは、かまわないですけど。会うのは、どちらにしましょうかね？」

〈よろしければ、こちらからお伺いしてよろしいかしらん？〉

いく分鼻にかかった、遥の声音であった。

来られては困る。独身であると、伴子と会わせるわけにはいかないし、大家族であることがバレてしまう。いずれは家族のことを打ち明け、結婚を申し込もうと思っていたが、今はその熱は冷めている。

〈どうかなされました？〉

答に少し間が空いたのを、綾野遥が訝しがったようだ。

「いや、なんでもない。来ていただいてもいいけど、遥さんは犬が嫌いだったよね。うちにはドーベルマンというでかい犬がいるけど大丈夫ですか？」

ここは仕方がないと、綾野遥の犬嫌いを利用した。嘘に嘘が重なるが、これも方便だと自分を許した。

〈そんな、大きな犬が……？〉

「ええ。泥棒に入られては物騒なので、家の中で放し飼いにしています」

〈まあ、怖い。でも、そんな大きな犬を放し飼いにしているなんて、ずいぶんと

大きなお屋敷なんですわね？〉

「小屋みたいなもので、そんなたいしたことはないですよ」

〈あら、六十坪もあるお家が小屋だなんて〉

「どうして、家を知ってるんです？」

住所も家の造りも、綾野遥に教えた覚えはない。

〈ごめんなさい。桜田さんのことを知りたくて、ちょっと調べさせていただいたの。そしたら、この人とならば一緒になってもいいなとか思って……〉

自分の知らないところで調べていたなどと、任三郎は背筋に冷たいものを感じた。

「調べたって、どうやって……？」

不快感をあらわにして、任三郎は口にした。

〈やり方なんて、いろいろありますわ。でもご安心ください、変なつもりではございませんから。一緒になりたいお方を、よく知りたいと思うのは当たり前でしょ？〉

「一緒になりたいって、オレがいくつになるか知ってて言ってるので？」

〈ええ、もちろん。この時代、齢なんてまったく関係ありませんわ。桜田さんな

ら、あと二十年も三十年も長く生きられそうだし。余生を一緒に小説など書いて、楽しく暮らしたいわ〉

知り合って間もないのに、むしろ遥のほうがずいぶんと積極的である。結婚話を、綾野遥のほうから仕掛けてきた。はたして綾野遥は、家族のことまで調べているのだろうか。言葉からしてそこまではまだ、知ってはいないようだ。

「遥さんがこんなに積極的だなんて、驚きましたな」

〈そんなことはございませんわ。若いときならいざ知らず、もうこの齢になると、一日でも惜しいと誰でも思うものでしょ。改めて言います。桜田さん、結婚を前提に付き合ってください〉

このプロポーズには、さすがに任三郎も驚き、答えるのにしばしの間が空いた。

「いや、困りましたな、急に結婚だなどと言われても。それに、そんな大事なことを電話でなんて……」

〈そんなことございませんわ。もしよろしければこんな携帯ではなく、テレビ電話でお話しいたしませんか？〉

今のテレビには、家の固定電話が装着されているのでモニターを通じて顔を見ながら会話ができる。だが、桜田家のテレビはリビングにある。むろん、伴子にも見られてしまうので、それはできない。

個人のプライバシーが保たれないと、その昔テレビ電話は思ったよりも普及しなかった。だが、あることをきっかけにして、その機能は見直された。それは、老人を特殊詐欺から守る有効な手段とされたからだ。録画機能に監視カメラもついているので、成りすましの特殊詐欺や空き巣は、ひところよりも極端に減少するという効果があった。

〈もし、お家の中を見せたくなかったら、背景を消すモードにしたらいかがかしら? 私は全部お見せしますわ。桜田……いや、任三郎さんにわたしの全てを知っていただきたいから〉

「分かった。ならば、三十分後にこっちからテレビで電話しよう」

そのころなら、伴子は必ず出かける。人体の血流を促す『水流圧力式血行促進治療器』のモニタリングで、毎日欠かさず治療に通っているからだ。一時間は帰ってこない。家にいるのは任三郎のほか、百三十歳を超えた、痴呆で寝たきりの母親と、引きこもりの孫だけである。二人がリビングに下りてくることは、まずない。倅とその嫁は、共働きで今はいない。任三郎一人の状態になれば、電話はできる。

「家の電話番号を教えてくれないか？」

〈分かりました。０４の……〉

固定電話の番号を聞いて、任三郎は携帯を切った。

六

一階に下りると、まだ伴子がいる。

Ｔシャツの、普段着のままである。

「まだ出かけないのか？」

「二時のはじまりだから、あと二十分ほどあるわ。あんなところに行くのに、めかし込むことはないしね」

伴子が通う『水流圧力式血行促進治療器』は、高額で買えない老人たちをモニターにしてのデモンストレーションである。無料で三十分ほど器具に乗り、血行を促す治療を実体験するものだ。

インストラクターが治療の間、病気予防に関しての講義をおこなう。無理強いをして、高額の治療器を売りつけることはないが、「――心筋梗塞の痛さといったら、それはもう断末魔の苦しみを味わうものでして、皆さんはそうなりたくはないでしょ？」と脅す。その講義の恐ろしいこと。金に余裕のある老人は、病気の怖さに辟易して購入してしまう。伴子はその場所に、すでに一年ほど通っているが、購入する気はまったくない。それはそれで、モニターとして優秀だと、インストラクターからは褒められている。伴子も、腰痛が治ったと喜んでいる。優れものの治療器だと、任三郎は以前二度ほど乗って認識してはいても、インストラクターが語る病気の話に怖気づき、通うのはやめていた。

「そうかい。今日も婆さんたちが大勢来るんだろうな？」

あのようなモニタリングは、男は少ない。九割が女で、それもほとんどが八十歳以上である。

「女は図々しいからねえ。無料だとあれば、我競ってやって来るよ」

「十台しかないんだろ。早く行かなくて、いいのか？」

「毎日行ってるんだから、慌てることはないさ。でもあんた、今日に限っていやに人を急かすね。何か、あるのかい？」

「いや、何もないさ」

昔から気が強いが、勘の鋭いところもある。

「そうかい、ならばいいけど。そろそろ時間だから、行ってくるわ」

Ｔシャツに、軽い上着を羽織り伴子の出かける仕度は調った。玄関のドアが閉まる音を聞いて、任三郎はリビングのテレビと向かい合った。

テレビのリモコンには、いろいろな機能がついている。電話のマークがついたアイコンを押すと画面にＴＥＬモードと表記される。リモコンの数字は、テレビだとチャンネルだが、電話では番号となる。

「背景を消さなくては」

電話をかける前に、背景消去アイコンを押した。こうすると、背景にフィルターがかけられ、相手に映るのは自分の上半身だけである。『背景を消去します』と字幕が出て、任三郎は綾野遥の電話番号を押した。

五回ほど呼び出し音が鳴り、テレビ画面に映像が出る。映っているのは、いつもの綾野遥の姿であった。だが、部屋の中の背景に任三郎は啞然とする。

〈任三郎さんて、テレビ映りがよろしいですわね〉

自分の顔など、テレビの画面を通して見たことはない。多分に世辞だろうと、任三郎は気にも止めていない。

「遥さんこそ、女優のようだ」

〈またまたお世辞を。ところで先ほどのお話ですけど、いかがでございましょう?〉

「結婚を前提とした、お付き合いですか? いや、申しわけないがはっきりとお断りしましょう」

〈あら、またどうして? 先日お会いしたときは、あなたのほうから一緒になりたいオーラが漂ってましたわ。やはり、ご家族がいると駄目……?〉

「えっ、なぜにそれを?」

家族がいるとは、これまで一言も口にしたことはない。

〈ですから、先ほど申しましたわ。調べさせていただいたと。そこのご住所も分かっています。S市落合〇〇〇番地ってことも。あの大きなお家に、一緒に住もうと思ってましたのに〉

「………」

任三郎は驚きでもって、口が利けなくなっている。

〈ご家族がいただなんて、わたし嘘つく人は大嫌い。それに、ドーベルマンなんて犬は飼ってないでしょ。なんで、そんな嘘を吐くの?〉

綾野遥が、目頭にハンカチをあて涙を拭いている。

〈そうか。私の部屋を見て驚いたのね。こんな酷いところに住んでいる女なんて、いやなんでしょ〉

遥の背景に映る部屋の中は、もの凄い散らかりようである。よくテレビのニュースなどで見る、ゴミ屋敷を彷彿とさせる。まさか、こんな家に住んでるとは任三郎も思ってもいなかった。そういえば先日の話の中で「——もの凄く散らかっている」と言っていた。あながち嘘ではない。だが、これほどとは思ってもいなかった。

〈任三郎さんて、それを、恥ずかしげもなく綾野遥はテレビの画面に晒している。ズルイ。お独りだなんて嘘をついて、わたしの心をもてあそんでいたのね。絶対に、許さない〉

画面を見ると、遥の表情がまるで違っている。目が血走り、それはかなり昔に世間を騒がせた都市伝説の『口裂け女』にも似た、えもいわれぬ恐ろしい形相であった。

「許さないって……」

任三郎の、声さえも凍てつく。

〈あなたの家族は、私にとって不要なもの。これから一人一人片づけていってやるわ〉

怨みがこもる女の執念に、任三郎は震え上がった。これは電話を切ろうと、リモコンを握った。

〈電話を切っても駄目。お宅の番号は登録してあるから、こちらのほうから朝も夜も昼もなく、思う存分かけさせてもらいます〉

テレビ番組を観ているときに電話を取ると、画面が分割される。知り合いの電話ならばそのまま出るが、そうでない場合は留守番機能となって相手は画面に表示されない。

――そうだ、着信拒否にする手もある。

任三郎は思い出していた。着信拒否に登録すれば、呼び出し音一回で切れるということを。

〈着信拒否にしても駄目よ〉

任三郎の考えなどお見通しだと、綾野遥が口角を上げてあざ笑う。

〈こちらからの遠隔操作で、その機能は使えなくしてあるから。だから、いつでもリビングにお邪魔してやるわ。とても素敵な花瓶が飾ってありますのね。それと、壁にも素晴らしい風景画がかけてあるわ〉

画面は、背景消去モードにしてある。綾野遥が見ている画面は、任三郎の上半身しか映っていないはずだ。

「どうして……？」

〈ですから、そんな操作をするのは容易いことだと言ったじゃないですか〉

普通の人は、遠隔操作などができる知識がない。それをするには、パスワードというのが必要になってくる。なぜに、綾野遥のような老婆がそんな芸当ができるのか任三郎は不思議に思うより、空恐ろしかった。

〈なぜにそんなことができるのかって、不思議に思ってるでしょ？〉

「………………」

任三郎はもう、返事ができなくなっている。何を言っても通じないだろうし、それよりも戦慄が脳裏を襲い口を動かせない。

〈それにしても、見れば見るほど素敵なお宅。私、こういう家に住んでみたかったの。そして、私が書いた小説のような生活を夢見てきたのよ。読んでいただけたでしょ？　あなたが、その夢を叶えてくれる人だと思っていたのだけど……とても、悲しい……悲しすぎるわ〉

目尻にハンカチを当てる女の呪縛から、いかに解放されようかと任三郎は考えていた。しかし今は逃れたとしてもこれから先、どれほど纏わりつかれるのか分からない。

——これが、ストーカーってやつか。

九十四歳にもなって、初めて味わう、身の毛がよだつほどの、戦慄体験である。

自分一人ならよいが、こんなことに家族を巻き込むことはできない。

綾野遥の恐ろしい形相を伴子に見られたら、この七十年、一緒に築いてきた生活は一瞬のうちに壊落である。任三郎は、たとえ一時でも家族を裏切るほうに頭が向いたことで、人生最大の後悔を味わうこととなった。

〈ねえ……〉

急にテレビに近づいたか、髪を振り乱した綾野遥の顔が、六十インチの画面にドアップとなった。今にも画面から飛び出してきそうで、任三郎は慄くと同時にソファーにのけぞった。

〈ねえ、私の話、聞いてるの?〉

声も出せず、任三郎はただ首を振るだけだ。実寸の二倍にも拡大した綾野遥の顔を、16Kのハイビジョンを通すと、ずっと昔に整形手術を施したギザギザの傷痕がはっきりと残って見える。

——化け物かこいつ。

とは、怖くて口に出せない。言った瞬間、画面を壊して飛び出してきそうだ。

任三郎の心臓は、破裂するほどの鼓動を打っている。横皺に沿って、汗が滴り落ちる。

「いいいいったい、どどどどうしたらいいいんだ？」

絡まる口で、任三郎が問うた。

〈ですから私の思いは一つ、あなたと結婚したいしかないでしょ〉

「でで、できるわけないだろ」

任三郎としては、震える声で抗うのが精一杯だ。

〈そう。だったら、仕方ないわね〉

仕方ないと言った口調が、やけに恐ろしい。いったい何を仕掛けてくるのか分からないだけに、それは脅威でしかなかった。

この呪縛からどうして逃れようかと任三郎は模索するも、頭の中が恐怖で埋め尽くされ考える余力もない。

〈覚悟しておくがいいわ〉

綾野遥と話し合う余地はまったくない。

――だからといって、このままやられるわけにはいかない。

女の脅しに、男として覚悟などできるはずがない。そんな脳裏の隙間の中で、任三郎は思い浮かんだことがある。そして、臍下三寸、丹田に力を込めて口にする。

「だったら、好きなようにすればいい」

それは、開き直ることであった。

ちょっとした勇気があればいい。怖気ているから、相手はつけ上がるのだと、以前何かの本に書いてあったのを思い出す。すると、任三郎の気持ちにいく分の余裕ができた。

〈私がその気になったら、あなたの家は崩壊よ。それでも、いいのね〉

「だから、好きなようにしろと言ってる。ただし、うちの家族に危害を加えるようなことがあったら、オレが黙っちゃいねえ。あんたをぶっ殺しても、刺し違えてやる」

攻守ところが変わったように、綾野遥の怯む番となった。ドアップの顔が後ろに下がり、それだけでも任三郎は不快な思いから逃れることができた。

「オレの家に一歩でも近づいてみろ、ぶっ殺してやるからな」

これまでの怯えが、嘘のように消えた。そうなれば、相手が意気消沈するまであとは攻めつづけるだけだ。

「いいから、遠慮なくかかってこい」

手加減をしてはならない。完膚(かんぷ)なきまで叩き潰すのが喧嘩の極意と、任三郎はやんちゃであった子供のころを思い出した。

互いに言葉が出ず、話が途絶えてしばらくすると、綾野遥の顔がはじめて会ったときのように穏やかになっている。

〈どう、面白かった？〉

「えっ？」

意味が分からず、任三郎は訊き返した。

〈これでも私、若いころに女優をしてたことがあるの。芸能界を引退したあと、小説を書いて……〉

任三郎の頭の中が、朦朧(もうろう)としている。ただ、綾野遥の話を聞くうち意味を取れるようになっていた。

「小説って……もしやあんた『荒川由美子』って人か？」

〈よくご存じで。私のペンネームなの〉

遥が、驚愕の表情を見せた。

「そっくりな文章を思い出して、しまっておいた文庫本を探した。すると、第二章がまったく同じなのにびっくりした。他人の作品を盗むなんて、言語道断だと思っていたが」

〈そう、読んでいただいてたのですか、ありがたいわ。あれ、私の作品なんです。ですから、盗作とは言わないでしょ〉

「だが、どうしてオレの心臓が止まるほど脅かしてくれたんだい？」

まだ、怒りの収まらない任三郎に、綾野遥が口元に手をあてて笑っている。

〈この物語、桜田さんにプレゼントしようと思いまして。本当の恐怖を味わっていただければ、小説のネタになるかと。お高いお寿司をご馳走していただいたお礼で、ちょっと女優に戻らせてもらいました。そうだ、お家を崩壊させるようなことをしちゃ駄目よ。それじゃ〉

「あっ、もしもし……」

もっと訊きたいことがたくさんあったが、これが綾野遥との最後の会話であった。

なぜにプロであった作家が『高齢者作家養成講座』に顔を出したか、訊こうとしたところでテレビ電話がプツリと切れた。任三郎は、かけ直そうとリモコンを手にしたが思い止まってテーブルに置いた。

それから三十分ほどして、伴子が戻ってきた。そして、思わぬことを口にする。

「ねえ、綾野遥って女の人と電話をしてなかった？」

「どうしてそれを知ってる？」

「あの人、ずっと昔、あたしと同じ劇団にいたの」

「なんだって？　そういえば一緒になってもしばらく、劇団に通っていたことがあったな」

もう、六十年以上も前の話である。子供ができたと同時に、伴子は劇団を止めた。

「もしかすると、おまえたち……」

経緯は分からないが、伴子と綾野遥の間になんらかの接触があったようだ。そう思えば、遥がなぜに住所や、家の内部の様子を知っていたかも察しがつく。

「ふふふ」と、伴子は笑うだけで、任三郎の問いになかなか答えようとしない。

「なんのつもりで……？」

「あなたも少しは刺激が欲しいでしょ。このままだと、老け込んでもうすぐボケてしまうわ。小説でも書いたらいかがかと思って」

「バカヤロ、心臓が止まりそうだったぞ」

本当に恐ろしいのはこの女だと、任三郎は再認識する思いとなった。

話は2049年、五年後の現在に戻る。

任三郎は、五年前にあったこのエピソードを思い出し、パソコンに一行目を書きはじめた。

［女の執念ほど、恐ろしいと思ったことはない。なんの変哲もない穏やかな生活が、新聞に折り込まれたたった一枚の広告の見出しによって豹変(ひょうへん)する――］

一行目から、すらすらと書ける。

九十九歳の紡(つむ)ぎ出す物語が、パソコンのメモ帳に打ち出される。どれほど時間がかかっても、最後まで書き通そうと任三郎は指先に力を込めた。

第三話　八十年越しのお礼参り

一

地球温暖化が叫ばれて久しいが、一度破壊されたオゾン層の修復は、とうてい人類の手で叶うわけがない。

全ての車の動力源はすでに電気に変わっているが、その元となる電力へのエネルギー供給はまだ化石燃料に頼るところが大きい。二十年ほど前に、北極近くでも新たに大規模な海底油田が発見され、大国はこぞってその開発に力を注いだ。今世界で使われている化石燃料のほとんどは、中東諸国とそこからの供給資源である。それがさらに地球を痛めつけている要因になっていると、警鐘の高鳴りはずっとつづいている。

相も変わらず大国は『エゴ』を押し通し、人類は『エコ』を求めている。そのギャップは、地球が崩壊するまで埋まりそうもない。原子力発電の安全性もまだまだ不安定の域を脱せず、未だに地震、津波の恐怖から抜けきっていない。それらの代わりになるエネルギー源として、太陽光発電がかなりの進化を遂げている。だが、その熱量が酷暑という形で、人々を苦しめているというのだから、皮肉というよりほかにない。

西暦2049年の夏は暑い。途轍もなく、熱い。

すでに40℃以上の日が、五日に亘ってつづいている。埼玉県のK市では45℃以上になったと、テレビのワイドショー番組が伝えている。熱中症で倒れる老人があとを絶たないと、とうとう高齢者の外出禁止令が発令されるまでに至った。

極限ともいえる酷暑の中、外を歩いている人は誰もいない。

ご多分に漏れず桜田家でも、冷房の利いた屋内で、氷水を浮かべた素麺で腹を満たし、ひたすら酷暑が過ぎるのを待っていた。

「ママ、またそーめんなの?」

昼食に五日も素麵がつづき、桜田任三郎の曾孫である綺宙がグズっている。

「いいから、我慢して食べなさい」

綺宙の母親である夏美が、うんざりした口調で言った。夏美は任三郎の孫にあたり、二年前に離婚し、一人娘の綺宙を連れて実家に出戻っていた。

「いや、プリンがたべたーい」

綺宙の駄々っ子振りを、任三郎はリビングのソファーに寝転びながら聞いていた。昼寝をしているところを、孫と曾孫の声で起こされたのである。

「しょうがないでしょ、暑くてお外に出られないのだから」

夏美の、綺宙を叱りつける声がさらに大きくなった。外に出られない鬱憤を、子供に向けて晴らしているかのようだ。間に入るのも面倒くさいと、任三郎は体を起こすことなく、母子のバトルを疎ましく感じながら眠りに気を向けていた。

任三郎が、うとうとと眠りに入ろうとしたところであった。けたたましく玄関のチャイムが鳴り、その応対に出たのは夏美であった。

「お祖父ちゃんのお知り合いみたい……」

目を開けると、夏美と綺宙の顔があった。

「誰って言ってた？」

「お祖父ちゃんはいるかって……」

名前くらいは聞いておけと、一言言いたいところであるが任三郎は口にはしない。気が利かないのは、今にはじまったことではないのだ。

インターホンのモニターを見ると、つば広の日除け帽子を被った老人が、玄関先で倒れている。

「こりゃいかん」

任三郎は、裸足で玄関の三和土に下りるとドアを開けた。

「どうかしたのか？」

うずくまる男に、任三郎は声をかけたが返事がない。顔を伏せているので、すぐには誰かと判断もできない。

「誰なの？」

背後では、夏美が心配そうな顔で見やっている。男への気遣いよりも、不審者としての不安を抱いているようだ。

「夏美、冷たい氷水を持ってきてくれ。どうやら、熱中症らしい」

場合によっては、119番に連絡して救急車の要請をしなくてはならない。とにかくその前に、体を冷やすことが先決だ。冷房の利いた家の中に入れようと、任三郎は男を起こしにかかった。体が熱をもって、熱くなっている。ガリガリに痩せ衰えた体であったが、任三郎も非力である。一人では、男を持ち上げることが叶わない。無理に起こしてはかえってまずいだろうと、男をそのままにうつむいた姿勢でいさせた。そこに、夏美が氷水をコップに入れて持ってきた。綺宙がジュースを飲むもので、家の中にある一番小さなコップであった。

「これじゃ足りん。もっと、大きいのを……」

氷水を差し出すと、男は一口で飲み干した。

「どうかしたのかい？」

騒ぎを聞きつけ、二階にいた伴子が下りてきた。

「どうやら熱中症らしい。夏美に氷水を頼んだら、こんなので持ってきた」

空になったコップを手にして、任三郎が言った。

「とりあえず、家の中に入れよう」

「入れようって、知ってる人なのかい？」

「オレを訪ねてきたお客だ」

任三郎もまだ男の顔は見ていない。つば広の帽子が、男の面相を隠している。

任三郎は、腰をかがめて男の顔をのぞき込んだそこに、夏美がアイスペールに一杯の氷水を持ってきた。

「これなら、いいだろ」

ウイスキーの氷を入れるもので、熱中症の気付けにはなりそうな氷水の量だ。小さなコップでもう一杯と飲ますと、よほど咽喉が渇いているのか、またも一気に飲み干した。

熱中症の対処法など習っていない。任三郎は、とにかく冷やそうと男の帽子を取ると、髪の毛の薄くなった頭に残った氷水を直にぶっかけた。すると男は、精気を取り戻したかのように顔を上に向けた。そこで任三郎は、ようやく男の顔をとらえることができた。

「もしかして、阿久津じゃないか？」

任三郎がもしかしてと言ったのは、ずいぶんと長い間会っていない高校時代の同級生であったからだ。面影だけでは、断定するに自信がない。男の小さくうなずく姿を見て、任三郎はようやく確信をもてた。

「中に入れるか？」

家の外は、日陰でも茹だるような暑さである。ドアを開けておくと、その熱気が入り込んでくる。

「ああ、すまねえ」

任三郎が腕を抱え、阿久津がよろける足で敷居を跨ぐと、伴子の手で玄関のドアが閉められた。

それでも靴を脱ぐ力がないか、阿久津は上がり框に腰をかけたまま、動こうとはしない。

「目が回る……」

と言って、阿久津はそのまま倒れ込み気を失った。このままだと、命が危ない。熱中症の恐ろしいところだ。

今はボタン一つで警備会社から、民間の救急隊が駆けつけてくれる。大病院ともタイアップし、盥回しなどもなく、その迅速さたるや、頼り甲斐のあることこの上もない。

しかし、生憎と桜田家では、警備会社に通じるセキュリティーを導入していない。従来の１１９番通報をおこなう。

「おい、救急車だ！」

任三郎は絶叫し、伴子は「消防車一台……」とパニックに陥り、夏美はアイスペールをぶら下げたままうろたえるだけで、綺宙は事態に慄き泣き叫ぶばかりであった。

「タオルに氷水……夏美、ぐずぐずするな」

「はい」

冷蔵庫の製氷室にある、ありったけの氷と水の入ったバケツが、夏美の手により運び込まれた。

「首筋とか脇の下を冷やせばいいのよ」

冷水でタオルを浸し、伴子の生半可な知識で応急処置がなされた。十分ほどすると、遠くから救急車のサイレンが聞こえてきた。そして門前でサイレン音が止まり、チャイムが鳴らされた。ドアを開けると、救急隊員が四人ほど駆け込んできた。

この日だけで、熱中症での出動は七回目だと救急隊員が言っていた。

阿久津が気を失ったのは熱中症もあるが、空腹だったこともあるらしい。ともかくも、応急処置がよかったおかげで、救急車には乗らずに済んだ。食事も与え、一時間後の阿久津は、何事もなかったようにリビングのソファーに座っていた。

並ぶようにして、任三郎も座っている。高校の同級生というから、同年齢であろうと思うがそうではない。阿久津は五月の生まれなので、すでに百歳の大台に届いていた。

九十九歳と百歳では、恩恵が格段に違ってくる。百歳以上となると、公共の交通機関の乗車賃は無料となるが、以下だと通常料金である。病院も無料なら、住民税も免除される。タクシーは半額だし、20％の消費税は10％となる。以前は負担が0だったが、それでは財政がもたないと、四年前に百歳以上でも10％の消費税が課せられることとなった。任三郎は、あと二月ばかりでその恩恵にあやかれるところまで来ている。

「阿久津と会うのは、何年ぶりだ？」

「東京オリンピックの年に、同窓会があって以来だから二十九年ぶりってことになるな」

前歯がほとんどない口で喋るので、言葉は聞き取りづらいが何を言ってるかは分かる。任三郎と阿久津の面相を比較すると、三十歳もの開きがあるようだ。やはり、インプラントで歯がそろっているだけで、見た目がそれほど違ってくる。阿久津の瘦せ衰えた体が任三郎は気になったが、それを口にすることはなかった。

「桜田は、その時とちっとも変わっちゃいねえな。こんなに若いとは思わなかった。まさか、倅じゃねえだろうな」

「いや、オレは本人だ。頭の禿げ具合を見りゃ分かるだろ」

「昔から、桜田は毛が薄かったからな」

同窓会の前は、さらに二十年空いている。この五十年の間に、二度しか会っていない。仲間というには、かなり疎遠である。それだけに、訪れてきた理由が任三郎には気になるところであった。それを問うにはまだ早いと、まずは高校時代の昔話で時を過ごした。

「高校を卒業して、もう八十年以上も経つのか。お互いこの齢になって、生きて会えるとは思わなかった」

「あのころは、俺と桜田は仲がよかったもんな。一緒に漫才師になろうなんて、とんでもないことを考えてた。それでも、ずいぶん稽古をしたもんだ」

「オレがツッコミで、阿久津がボケか。懐かしいなあ、あのころ。そういえば、今もボケてるようだな。いや、ボケの意味が違うが」

ちょっと言い過ぎたかと、任三郎は言葉を正した。

「いや、まともなボケになっちまったようだ」

真面目な顔をして言う阿久津に、任三郎は不穏な影を感じていた。

高校を卒業してからは、阿久津は自動車販売会社に就職し、任三郎は三流大学の経済学部に進学した。以来、六度ほどしか会ったことがない。顔を合わすのは、昔はたびたび開いていた同窓会のときくらいなものであった。

「齢を取ると、昔のことをはっきりと思い出す」

「今のことは、すぐに忘れちまうがな」

ひとしきり、高校時代の思い出を語り旧交を温めるが、阿久津が訪ねて来た理由を、任三郎としてはそろそろ知りたくなった。

「ところで、どうしてここが分かった？」

「ずっと前の、同窓会で教えてくれたじゃねえか。新幹線で代替地をもらい、ずいぶんといい家に住んでるって、自慢してたぞ」

半世紀以上も前のことを口にされては、とてもボケているとは言えない。

「そうだったか、オレのほうは忘れてた。それにしても、よく訪ねてきたな」

「なんで俺が訪ねて来たのか、不思議に思ってるんだろ？」

そうだなどと、口に出しては言えない。

「いや、この暑い中、よく来てくれたと思っている」

内心とは異なる返事で、お茶を濁す。こういうときは、大抵『カネ』の無心をもち出されることが多いと、任三郎は人生の経験上から分かっている。阿久津の身形（みなり）の粗末さからして、生活に苦慮しているのがうかがえたからだ。

二

昔を語る柔和な表情が、阿久津の面相から消えた。

――やはり、カネか？

たとえカネの無心で来たならば、きっぱり断ろうと、任三郎は気持ちの中で身構えていた。

「あんたの倅は、市役所にいるんかい？」

しかし、阿久津の話は、意外なものであった。思いもしなかった切り出しに任三郎は言い知れぬ不安を感じた。阿久津の表情に、怨念めいたものを感じたからだ。歯の抜けた口から漏れる言葉は、聞き取りづらくあったが、それだけに不気味さが余計に漂う。

「ああ、そうだが」

「やはり、そうか。名は、桜田太一郎っていうのか？」

「ああ。倅の太一郎が、どうかしたと？」

任三郎の問いに、阿久津は答えようとしない。目ヤニのついた目で前を見据え、何か考えているように見える。

「倅が、何か……？」

任三郎が問い直したところで、阿久津が立ち上がった。

「昔、ちょっと世話になってな。だったらいいんだ。邪魔したな」

「もう、帰るのか？」

まだ何も用件を聞いていない。倅の太一郎のことを確認しに来ただけで帰るとは、任三郎も腑に落ちない。詳しく話を聞こうと、引き止めに入った。壁掛け時計は、午後の三時を示している。外はこの日の最高気温に達し、40℃はゆうに超えている。

「外は今が一番暑いときだ。もう少し、涼んでいったらどうだ」

阿久津のためにと、冷房の温度を低くさせている。ガンガンに冷え、リビングは寒すぎると、伴子や孫たちは自分の部屋に引っ込んでいた。

「いや、いい。迷惑をかけたと、奥さんとお孫さんによろしく言ってくれ」

熱中症で倒れたことは忘れたような足取りで、阿久津が玄関へと向かう。

「おい、ちょっと待てよ」

任三郎が追うが、すでに阿久津はツッカケを履いて玄関のドアを開けている。

熱風が、家の中へと入り込んできた。

「また来るわ」

と一言残して、阿久津は玄関ドアを閉めた。

いやな予感が、任三郎の脳裏で蠢（うごめ）く。

——太一郎が、何かしたのか？

また来ると言った、阿久津の一言が任三郎の心の中に針の痛みとして残った。

「あら、お客さん帰ったのかい？」

上がり框に立つ任三郎に、伴子の声がかかった。

「ああ……」

気の入っていない、任三郎の返事であった。

「どうかしたのかい？」

「いや、なんでもない」

「なんでもないって顔ではないよ。あのお客さん、なんの用事で来たのさ？」

「高校の時の同級生でな、昔話をしたくて来た」

「こんな暑い中、わざわざ昔の話をしに来たってのかい？　見てくれもそうだったけど、変な人だねえ」

　年寄りも、百を超えると口さがなくなる。辛辣な言葉が、伴子の口から出た。旧友が詰られても、任三郎の反論はない。

「友だちが悪し様に言われても、平気なのかい。あんたも、変わった人だねえ」

　百歳になっても伴子の勘の鋭さと気の強さに、任三郎は反論できずにいる。

「太一郎は、何時ごろ帰る？」

「六時ごろだと思うけど、太一郎がどうかしたのかい？」

「いや、なんでもない」

　それ以上答えず、任三郎はリビングへと戻った。伴子から話しかけられないよう、テレビをつけた。スイッチを押すと同時に「この時間、K市の温度計が46℃を指してます」と、女性リポーターの絶叫が聞こえてきた。駅前であるも、周囲の人通りは途絶えている。現場に立つのはテレビ局のクルーだけのようだ。暑い暑いと、リポーターが連発している。

「……阿久津のやつ、大丈夫かな？」

　阿久津がどこに住んでいるのか、任三郎は聞きそびれていた。身形からして遠くでなさそうだが、近所ともいえぬところのようだ。近くに住んでいれば、これまでもっと頻繁に交流があったはずだ。阿久津のことは、太一郎が帰ったら訊くことにしようと、任三郎はテレビの画面を見入った。「熱中症での救急車の出動数が全国で、この日だけでも一万件を超えました」と、番組のMCが語っている。桜田家に来たのもその一台かと、任三郎は苦い思いとなって顔を顰めた。


任三郎が風呂から上がると、太一郎が帰っている。

時計は丁度、午後六時を指していた。

「おまえにちょっと、訊きたいことがある」

クーラーの前に立ち冷風に涼んでいる太一郎に、任三郎が声をかけた。

「なんだい、訊きたいことって?」

鬱陶しそうな表情を示して、太一郎が訊き返した。

定年が八十歳となっている昨今、七十歳を過ぎてもまだ現役である。だが、今は市役所本庁の要職から遠ざかり、中枢から外れたS市役所の出張所で職員として働いている。公務員であるならば、どこの部署にいようが、手当てが少し減るだけで収入にさして変化はない。いつの時代でも、役人は安定した職業であることは変わらない。「格差社会が、ますます広がっているというのに」とは、世間でよく聞く不満だ。現実に死因の第二位は病気でも事故でもなく、老人の餓死が原因とされている。ちなみに一位は、孤独と生活を苦にした自殺である。この傾向は、ここ十年つづいている。社会の、大きな歪(ゆが)みであった。

「風呂に入ってくるから、ちょっと待ってな」

親に対しても高圧的な口調に、役人根性は変わっていないと任三郎は辟易(へきえき)している。

「ああ。ビールが冷えてるから、早く入ってきな」

「親父から、ビールを呑もうなんて珍しいな」

思えば、太一郎と向かい合って酒を呑むのは年に一度あるかないかである。それも、元旦の屠蘇(とそ)の席である。任三郎は、九十歳を過ぎてからの酒量はめっきりと減った。とくに、家での晩酌はほとんどしない。外に出ても、付き合いで呑むことがあるが、二合の酒を限度としていた。

しばらくすると、パンツ一丁の姿で首からタオルをぶら下げ、太一郎が風呂から上がってきた。

「なんだい、訊きたいことって？」

冷蔵庫から冷えた缶ビールを取り出し、太一郎が任三郎と向かい合うようにして座った。

八人がけの食卓のテーブルの端に、この年の三月から同居している任三郎の兄である富二夫が座っている。任三郎より五歳年上で、女房とは喧嘩別れしたばかりである。以来、ほかに行くあてもなく、弟の家に居座っていた。

「俺にも、一杯ごちそうしてくれ」

富二夫が任三郎の隣に座り直して、コップを差し出した。仕方なさそうに太一郎は酌をするが、言葉はかけない。昔から馬の合わない伯父と甥っ子であった。同居してから、ほとんど言葉も交わしていないようだ。それどころか、いつも太一郎が富二夫を見る冷たい眼差しに、邪険な様子が表れている。大らかに育てたつもりだが、市役所での役職が、太一郎の性格を変えたと任三郎には思えていた。

地方公務員というのは、部署によって職場環境がまったく異なる。太一郎の、人と接するときの態度は、誰に対しても上から目線で高圧的であった。それはたぶんに太一郎が携わった、役職と関わりがあるようだと――。

昼間来た、阿久津の話をするには、富二夫の耳が邪魔である。

「太一郎、向こうで話をするか？」

任三郎が、リビングのテーブルに誘った。

「ああ、いいよ」

太一郎が立ち上がると、富二夫も一緒に立ち上がった。

「兄貴はここで、ビールでも呑んでいてくれ」

一緒に動こうとする富二夫を、任三郎が強い口調で制した。

「なんでい、冷てえ野郎たちだな」

いつまで経っても兄貴面する富二夫に、任三郎も閉口する。

「伯父さん、黙ってそこに座ってろよ」

「親が親なら、子も子だな」

太一郎の命令口調に、富二夫は悪態を吐いて、浮かした腰を下ろした。

リビングのソファーに移動し、任三郎が話を切り出す。

「太一郎は、阿久津彬って男を知ってるか？」

「あくつあきら……？」

天井を見上げて、太一郎が考えている。冷房がきついと、太一郎は甚兵衛を着込んでいる。

「覚えがねえな」

「オレの、高校時代の同級生なんだが……」

「ずいぶんと、爺さんだな。それが、俺と何か関わりがあるんか？」

「阿久津が昼間ここを訪ねてきてな、このクソ暑い中なんの用事で来たのだと訊いたら、おまえのことを知っているようだった」

任三郎は、阿久津とのやり取りをそのまま語った。

「どんな関わりがあるんだか、そいつを話すことなく帰っていった」

「まったく、覚えがねえな」

「だが、おまえの名は知っていた。オレの倅であることもな。よく考えて、思い出してくれ」

「思い出してくれと言ったって、知らんものは知らんよ」

「どうやら、おまえに怨みがこもっている様子だったぞ。なんだか、薄気味悪くなってな、太一郎に事情を訊こうと思ってたんだ」

「世間の怨みなら、いっぱい買ってるからなあ」

太一郎が、市役所の本庁にいた時の役職は、住民税を徴収する部署の課長であった。滞納している市民から、厳しい取立てで名を馳せ『鬼課長』という、立派な称号までいただいていた。「――大人しくしてると、取りっぱぐれるからな」と言うのが口癖で、いつしかその厳格さが性格になって家庭にも持ち込まれていた。

「やっぱり、税務部にいたときか……阿久津、あくつ……あっ！」

呟くように口にしている太一郎の顔色が、にわかに変わった。

「どうかしたか？」

任三郎の問いに、太一郎は上の空のようである。

「……もしかして、あの阿久津か？」

「思い出したか？」

「ああ」

と言ったきり、太一郎から言葉が出てこない。

「いったい阿久津と何があった？」

体を前のめりにさせて任三郎が問うが、太一郎は遠くを見つめる目で考えている。そして、コップに残るビールを呑み干すと立ち上がった。そして、リビングを出ていく。任三郎は、待てと声を出すのを止めた。どうせ引き止めても、言うことを聞く男でないのを知っているからだ。

「ご飯はいいのかい?」

「ああ、食いたかない」

伴子と太一郎のやり取りを、任三郎はソファーに座りながら聞いた。そこに、兄の富二夫がビールジョッキを抱えてやってきた。

「いい齢をして、親子喧嘩はいけねえな」

「兄貴は少し、黙っててくれ」

富二夫を睨みつけ、任三郎が怒鳴った。

「ああ、おっかねえ」

首をすくめる富二夫に、口調が強すぎたかと、任三郎は自責の念にかられた。

三

翌日の、午後二時ごろのこと。

玄関のチャイムが鳴って、インターホンに出たのは伴子であった。任三郎は、リビングのソファーに寝そべり昼寝を取っていた。外はこの日も40℃超えの酷暑である。任三郎の脳裏にいやな予感がよぎったところに、伴子の声が耳に入った。

「きのうの人が来てるよ。なんだか、すごく弱っているみたい」

「阿久津か……？」

「そう」

伴子も不安そうだ。しっかりしているとはいえ、もう百歳を超えている老婆である。ちょっとした衝動で、どうにかなってもおかしくない年齢である。

「オレが出る」

昨夜の太一郎の様子からして、阿久津の用事はそこに関わりのあることが知れる。しかし、細かな理由までは双方が語らない。阿久津を家に入れて、問い質そうと任三郎は起き上がった。

玄関のドアを開けると、阿久津がいない。下に目を向けると、つば広の帽子を被った阿久津が、玄関の外でうずくまっている。様子が尋常ではない。呼吸が荒く、昨日よりもさらに体が衰弱しているようだ。熱中症のレベルⅢを超えているのではないか。それに、空腹が加わっていればもう体力は限界に達している。このままでは、玄関先で死なれてしまうと、任三郎は焦った。

「おい、きれいなバケツに一杯の水をもってこい。ああ、氷を入れてだ。とりあえずきのうと同じ応急処置だ」

と、上がり框に立つ伴子に、任三郎は強い口調で言った。

「中に入りな」

しかし、阿久津にその気力と体力はない。外の熱風だけが、家の中に入り込んでくる。

「どうかしたの、お祖父ちゃん」

そこに、綺宙を連れて孫の夏美が出てきた。

「あれ、きのうのお爺さん」

「夏美、救急車を呼んでくれ」

その場で夏美が１１９番をする。そこに伴子が氷を浮かしたバケツをもってきた。コップで水をすくい、飲めるだけ飲ます。余った氷水で、要所を冷やし、いく分阿久津の荒い呼吸は治まりを見せてきた。

自力で立ち上がり、阿久津は家の中へと入ったそこに、救急車のサイレンが聞こえてきた。二日つづけて家の前に救急車が横付けされると、さすがに近所の人も何事があったかと外に出てくる。道の向かい側の家では、カーテンを開けて様子をうかがっている。

「いや、もう大丈夫だ」

阿久津が自ら、救急隊員に告げている。きのう来た救急隊員と、同じ顔ぶれであった。

「すまねえ。腹も減ってたんで玄関先で、ぶっ倒れちまった。もう平気だから、帰ってくれ」

二日つづけて、同じ男での救急要請である。不審に思われるのも、無理はない。任三郎からも事情を聞いて、救急隊員はようやく引きあげていった。

「あのお爺ちゃん、怖い」

「いいから、部屋に戻ろ」

阿久津の様子に気味が悪くなったか、綺宙が口にする。その口を塞ぐように、夏美は自分の部屋に戻っていった。

「何か、食わしてくれ」

阿久津の態度が、昨日とは少し違っている。昨日はもう少しへりくだった口調であったが、この日は最初から威圧的だ。伴子は台所に行くと、湯を沸かした。お湯で食材を戻し、昨日と同じくまともな食事を作った。茶碗に三杯のご飯を食し、阿久津は一息ついたようだ。

「ここのところ満足にめしも食ってなかったのでな、きのうもきょうも助かったぜ」

語る阿久津の目に、伴子が怯えている。これから毎日頼むとでも言うような口調に聞こえたからだ。

「ところで、きょう来た用件はなんだ？」

任三郎が、話を逸らすように切り出した。リビングのソファーに誘うようなことはしない。

「倅から聞いたか、俺のこと？」

「いや、夜遅く帰ってきたんでな、聞きそびれた。太一郎と、昔何があった？」

阿久津から話を聞き出そうと、任三郎は言葉に力を入れた。

「そうかい。しかし、俺から語る筋でもねえんでな、だったらまた来るわ」

と言って、阿久津が立ち上がった。

「阿久津は、今どこに住んでいるんだ？」

できれば早く帰ってもらいたいと、キッチンの隅に立つ伴子の目が語っている。

阿久津を引き止めることなく任三郎は、椅子に座りながら訊いた。

阿久津は、立ったままで答える。

「昔も今も、ずっと東浦野だ」

東浦野は、S市の南東部に位置する。そういえば東浦野に住んでいると、高校生のころに聞いたことがあると、任三郎は思い出した。

「阿久津がここに来るのは、太一郎の仕事と関わりあることか？」

「だから、昔ちょっと世話になったというだけだ」

謎めいたことを言うものの、頑としてまともな答を拒み、阿久津は玄関へと向かった。それを任三郎は、追おうともしない。代わりに伴子があとを追った。

「奥さん、世話をかけたな」

「お気をつけて……」

阿久津と伴子のやり取りを、任三郎は食卓の椅子に座って聞いていた。

伴子が戻ってきて、任三郎の正面に座る。

「なんだかあんた、あの人おかしくない？」

「ああ、変だ。だが、太一郎の様子も、おかしい」

旧友と倅の間に何があったのか。それに、なんとも任三郎が訝しく思ったのは、わざわざ炎天下の真っ昼間に訪れて来ることだ。

「この時間じゃ、太一郎がいないの分かってるだろうにな」

こんな酷暑の中、何が目的で来るのか分からない。不可解な阿久津の行動に、任三郎は冷房とは異なる寒さを背筋に感じていた。

「あしたも来るのかしら?」

「たぶん来るだろうな」

「いやだよ、あんた」

かなり伴子も怯えている。そこに、ダイニングのドアが開いた。

「お祖父ちゃん、またあしたも来るのあの人?」

言いながら夏美が、綺宙を抱きかかえて入ってきた。

「綺宙があのお爺さん怖いって、怯えているの。なんとかしてもらえない」

「なんとかしろと言ってもな。いや、もう来ないだろうから安心しな」

綺宙が泣き出さないためにはそう言って、この場は取り繕う以外にない。だが、任三郎の頭の中では、明日も来るだろうとの勘が働いている。


二日つづけて、救急車を呼んだ。

——三日目もあるのだろうか?

二度あることは三度ある。言い知れぬ不安が、任三郎に纏わりついた。いったい阿久津の真の目的はなんだ。太一郎に話がありそうだが、阿久津のやっていることは常識の的から外れている。

阿久津の言葉の中で、任三郎は不可解なことを感じていた。

「……今住んでいるのは、東浦野と言ってたな」

東浦野の最寄り駅は、ＪＲ武蔵山線の『東浦野駅』しかない。駅前は開発がなされ高層マンションがいく層か建つが、駅から少し離れると緑が色濃く残る地域である。界隈には美里田圃（みさとたんぼ）と呼ばれる広大な土地があり、自然を絶やしてはならないと保護地区にもなっている。

阿久津の様子からして、駅前に住居を持っているとは考えられない。となると、少なくても歩いて五分以上は駅から離れている。

東浦野から電車で来るには、南浦野駅で京北線に乗り換え、Ｓ市中央駅で降りなくてはならない。そこから桜田家には、徒歩で八分ほどかかる。

どう考えても、40℃以上の暑さの中、しかも空腹でフラフラの老人が電車を乗り継ぎ独りで来られる道のりではない。任三郎は、そこに大きな疑問を感じていた。

「……なんとしても、きょう中に太一郎から話を聞かねえといけねえな」

もうこのままにはしておけないと、任三郎は意を強くした。しかし、思いは叶わず、太一郎の帰りは深夜となった。酒をしこたま呑み、代行運転を頼んで帰ってきたらしい。無人運転車種は、まだ庶民に手が出るものではない。

翌日任三郎が起きたときは、すでに太一郎は出勤したあとであった。夜遅くに帰り、朝早く出かけることなど、職場が変わって以来なかったことだ。以前なら早朝の出立は、ゴルフ以外の理由はない。太一郎の妻の美砂代に訊いても、分かるはずがないとの答が返ってきた。今は、太一郎と妻の美砂代の間では、必要とすることだけ口を利いているのしか目にしていない。夕食すら、倅夫婦が同じテーブルに座ることは滅多にないのだ。そんな生活が、十年ほどつづいている。

どうやら太一郎は、任三郎と接触するのを明らかに避けているように見える。

「……そうとしか、考えられんな」

太一郎の行動に、任三郎はそうとらえるほかになかった。

四

この夏の、連日の暑さは、いつまでつづくのだろう。

もう地球温暖化などと、生ぬるいことは言ってられない。まさに『地球激熱（げきあつ）

化・灼熱地獄』とでも呼ぶほうが相応しい。北極・南極の氷も融け、確実に海面の水位も上がってきている。大潮に満潮が重なると、水没の恐れがある、海岸沿いの町も出てきているそうだ。そんなことを、連日連夜テレビの報道番組では流している。

午後二時となって、桜田家に緊張感が漂う。

「きょうも来るのかしら？」

不安に怯えるのは、孫の夏美である。曾孫の綺宙を抱えて、昼ごろからそわそわしている。任三郎の兄である富二夫は、この時間帯は昼寝の最中で、何が起きているのか分かっていない。孫の翔太は二階の部屋に引きこもり、一度として顔を出しはしない。

「きょうも来たら、警察に届けましょうよ」

伴子が我慢しきれないと、声を荒らげて言った。

「何も悪いことはしてないので、それはできんよ。ただこっちの迷惑ってだけではな」

「だったら、どうしたらいいんだい？」

伴子が任三郎に食ってかかる。たった二日、訪ねてきただけなのに阿久津に対してのこの怯えようである。それだけの雰囲気を、阿久津は醸し出しているともいえた。

「太一郎が徴収課にいたとき、何か怨まれるようなことをしたんじゃないかね」

「とにかく、こんな暑い中に来る理由が分からんからな。もし来たら、きょうこそ阿久津から聞き出してやる」

「頼むよ、あんた。高校の同級生なんだろ?」

「もう、八十年も経ってる。友だちって感覚はねえな」

さらに一時間が経ち、壁掛け時計の針は午後の三時を指している。昨日、一昨日とこの時限には阿久津は訪れている。だがこの日は、さらに三十分しても、阿久津の訪れはなかった。

「きょうは来ないみたいね」

ほっと、安堵した口調で伴子が言った。

「せっかく、氷をたくさん作っておいたのに」

咽喉元過ぎて、熱さを忘れたかのような夏美の口調であった。四時を過ぎれば、暑さの峠は越える。

「こわいおじいちゃん、こないね」

安心したか、綺宙の口調もほっとした感じがうかがえる。

「もう、あきらめて来ないのかもしれんな」

綺宙の言葉に、任三郎が付き合う。

桜田家に安堵感が漂った、その時であった。

けたたましいサイレンの音が近づき、家の前で止まった。インターホンが早打ちで鳴り、モニターを通して外の様子が知れた。画面に見えるのは、制服を着込んだ警官であり背後に停まっているのは、赤い警光灯を点滅させたパトカーである。うしろをつくように、救急車も停まっている。近所の人たちが外に出て、何事があったかと不穏そうな顔をして、桜田家の玄関先を見やっている。

「玄関先に、人が倒れていると近所の方から通報がありまして……」

モニターを通して、警官が語る。

「なんですって！」

驚きの形相で、任三郎が玄関のドアを開けた。すると目の前に昨日、一昨日と同じ格好をした阿久津が倒れている。

「気づかなかったのですか？」

「ええ。チャイムも鳴らなかったし……まったく」

そこに救急隊員が、ストレッチャーを転がし駆けつけてきた。

「おととい、きのうのと、同じ人ですね」

同じ救急隊員である。

「ええ」

三日連続で来れば、さすがに隊員の顔も険しさが増している。いったい、どういうことだと言わんばかりの隊員の形相だが、阿久津のほうが先だと腰を落として容態を探った。

「熱中症だ。重態なので、すぐに運ぶ」

尋問は警察に任せ、同行の隊員に指示を出した。阿久津を救急車に乗せると、一刻を争うとばかりに、けたたましくサイレンを鳴らして去っていった。

警官の、事情聴取が家の中であった。二人の警官と、食卓のテーブルを挟んで任三郎と伴子が向かい合った。

「あのお方とは、どのようなご関係なので?」

「ワタシの、高校時代の同級生でして」

「なんですか、きのうも訪ねて来ていたようですな」

「ええ、おとといもです」

警察を呼ぼうと言っていたくらいである。困り果てていたとの気持ちを込めて、伴子が訴えた。しかし、警官はそれを逆の見方で取った。

「するとあのお方が来ているのを知っていて、出なかったのですか？」

警官の、疑いの目が向けられる。倒れているのを知っていて、炎天下の中放っておいたら、これは立派な犯罪である。阿久津が死んだら、遺棄罪ってことになるのだろうか。任三郎の顔から、一瞬血の気が引いた。

「いや、本当に知らなかった。チャイムが鳴らされたら、もちろん出ましたよ」

口から泡を飛ばして、任三郎が身の潔白を訴えた。孫とも思える齢の警官に、悪い印象を与えないよう、任三郎は敬語で応対する。

「詳しく事情を話してくれませんか？」

「もちろんです」

経緯の一部始終を、漏らすことなく任三郎が語った。それだけでは事件性があるかないかは、警察としては判断がつかないようだ。ただ、相手にしている夫婦は、すでに百歳にもなる老人である。逃げも隠れもしないだろうと、連行されるには至らなくてすみそうだ。

「場合によっては、西浦野警察署にご足労いただくことになりますので、そのときはご協力お願いします」

任意出頭もありうると、言葉を残して警官は引き上げていった。

このことを知ってか知らずか、太一郎の帰りはこの日も深夜となった。

翌朝も早く出立し、任三郎は太一郎と顔も合わせず、話ができないでいた。

「こうとなったら、夜遅くなってても太一郎をつかまえんといかんな」

お茶を淹れる伴子に、憤懣やる方ないといった口調で任三郎が話しかけた。

「太一郎の徴収課時代は、人さまにずいぶんと怨まれていたみたいだからね。無理やり税金をふんだくられ、自殺した人もいたみたいだよ」

「そいつは、脱税とか税金を滞納して捕まったか、差し押さえを食らった奴らの言い分だろ。逆恨みのために、そんなデマを流しているのよ。そりゃ、税金の取り立ては、きついのが当たり前だ」

「他人に聞いたんだけど、無理やり家に上がり込んで、金目の物はみんな持っていってしまうってさ」

「それが、差し押さえってのだ。滞納して相談もせずに惚けていたら、みんなそうされるに決まっている。なので、徴収する側の多少言葉が荒いのも仕方がないのさ。納税は、国民の義務でもあるんだ」

任三郎は、太一郎の肩をもった。だが、国税にしろ地方税にしろ消費税にしろ、かなりの負担が国民に強いられているのは確かである。これだけ超超長寿社会となってはいたし方のないことだろうが、これほどまでになるのが予測されていても、手を打ってこなかった国の政治のほうにも大きな責任があると、誰しもが考えている。

格差社会が大きくなり、貧富の差が叫ばれて久しい。

令和二年に東京オリンピックが開催され、その後景気が活発化すると思いきや、一部の人たちが特需の恩恵を与かっただけで、ほとんどの民間人はさほどでもなかった。その後、およそ三十年経つが、ますます貧富の差は開くばかりだ。

多様な機能を備えた携帯端末機のおかげで、孤独死した老人の発見はかなり迅速となり、腐敗して悲惨な最期を遂げる人は少なくなった。しかし、死因の第一位が自殺で、第二位が餓死という現実からは目を背けられない。そのために、大家族での生活を国で奨励している。大きな家に三世帯、四世帯の生活は今や主流となってきている。だが、そうでなく天涯孤独を余儀なくされる老人たちも、まだまだ星の数ほどいる。

二十一世紀の半ばとなった今、政治に求められているのは、長寿となった孤独老人を皆無にさせることにあった。党派を越えての、国の一大プロジェクトだと、国会議員たちがマスコミで騒いでいる。いっとき、老人ホーム無料化の案が出されたが、財政破綻を引き起こすと、簡単に却下された。それからは、有効なアイデアを示す政治家は誰もいない。

「難しい時代になったな」

任三郎が、つくづくとした口調で言ったところに、玄関先でチャイムが押された。モニターには、昨日来た警官一人と、私服の男が立っている。

「あんたを、捕まえに来たよ」

気の強い伴子が、涙を流さんばかりに言った。

「まさか……」

と口にするも、任三郎の声が震えを帯びている。ここで逃げるわけにはいかないと、任三郎がモニターの前に立った。

「ちょっと、よろしいですか？」

逮捕状は持ってなさそうなので、少しは安心をする。

刑事と警官をリビングに導き、任三郎が応対をする。

五十歳前後の、生活安全課に属する刑事であった。捜査一課でないことで、任三郎は、内心でほっと安堵する。

「阿久津さんは、一命を取り留めたようですが、まだ面会謝絶でして」

「そうですか。命が助かったと聞いて、安心しました」

刑事の問いに、任三郎は心底ほっとした様子で答えた。

「東浦野に住んでいるそうですな」

「そのようで」

「それで、阿久津さんの住所はご存じで？」

「いえ、そこまでは。阿久津さんとの関係は、きのうおまわりさんにみんな話しましたが。住所は、持っている端末で調べられないんですかね？」

「それが、壊れてまして」

「壊れてたら、電車にも乗れないのでは？」

百歳以上は電車賃が無料になるが、証明する物がなければ、その特権は無効となる。

「現金で電車は乗れるとしても、そこなんですよ不思議なのは。あんなよぼよぼ……いや、口が過ぎましたな。あのご様子でこの暑い中、よくも東浦野からここまで来られたと思いましてな。乗り継ぎもすれば、一時間はかかるでしょうに」

刑事が、冷たい麦茶を啜りながら言った。

「それと、所持金は二百五十八円しかありませんでした」

若い警官が、身を乗り出して口にした。

「それじゃ、帰りの電車賃もないじゃないですか」

任三郎が、驚く様子で答えた。

「……どうやって、阿久津は帰ろうとしてたのだ？」

任三郎の口から呟きが洩れた。たとえ所持金がないとしても、体力的に無理であろうことは誰もが想像できることだ。

「身元を明かすものは何も持ってなくてですな、それでこちらにうかがったわけです」

面会謝絶なので阿久津とは話せないと、刑事は桜田家に来た理由も語った。

「それにしても、あんな様子で三日もつづけて桜田さんを訪れた事情を、本当にご存じないので？」

刑事の、任三郎を見る目つきが変わった。虎が獲物を見るような、鋭い視線に任三郎はたじろぎを見せた。この目を前にしては、嘘はつけない。そう思った任三郎は、警官には話していないことを全て語ることにした。まだ、太一郎のことは口にしていなかったからだ。

「実は、阿久津さんは……」

任三郎は、この数日の経緯を刑事に語った。

「すると、倅さんに話があって来てたのですな」

「どうやらそのようで。その理由というのを、倅の太一郎に訊いても話してくれず、阿久津さんも何も語らず、それでこっちも怖くなり……こんなことになるなんて、思ってもいなかった。家内も孫も曾孫も、そしてワタシもみんなして阿久津のことを怖がっていたんですよ」

任三郎は、自分たちの本心を訴えた。

「話を聞いていても、不気味ですなあ。これは、太一郎さんから直接話を聞いたほうがよろしいですな。勤め先は、どちらなんです？」

「東中宮駅近くにある、S市役所の出張所で……」

太一郎の勤め先を聞いて、刑事と警官が立ち上がったところであった。刑事の携帯電話の着信音が、けたたましく鳴った。

「もしもし……なんだって……そりゃ本当か!?」

何か考える風になって、刑事は電話から耳を離した。

「東中宮に行くのは中止だ。桜田さん、署まで一緒に来ていただけますかね。詳しく訊きたいことがあるんで」

——これが、任意出頭というやつか?

もし、いやだと言ったらどうなるのだろう。任三郎はそう思うも、抗えない怖さを感じていた。

「別の刑事が、阿久津さんと面会ができましてね。そしたら、こう言ったというんですよ。『桜田さんは、俺が来たのを知っていた。だが、家の中に入れさせてはもらえなかった』とね」

「いや、そうじゃない。まったく知らなかった。家の者に聞いてもらってもよい」

任三郎が抗うも、刑事たちはまったく応じる気配がない。家族の証言は、証拠とはならないからだ。不幸にも、桜田家のインターホンモニターは録画機能のない、安くて古い機種のものであった。

「おっしゃりたいことがあったら、署のほうで聞きます。外は暑いですけど、一緒にご足労ください」

落ち着いた声音で、問答無用である。九十九年と十か月生きてきて、こんなことは初めてである。警察署なんて、運転免許証の書き替えくらいでしか行ったことがない。それも十年以上前に返納して、それからはまったく縁のない所である。

「あんた……」

「心配しなくていい」

玄関のドアを開けると、この日も熱風が吹き込んできた。そんな酷暑の中に、任三郎は身を乗り出した。道路際には、白黒のパトカーが止まっている。わき腹に『S県警』と書かれた太文字を一際痛く、任三郎は感じていた。何事があったかと、近所の人の好奇な目が向く。手錠をかけられていないのが、任三郎にとって、いく分の救いであった。

五

テレビの刑事ドラマでよく見るような、取調べ室へと任三郎は連れていかれた。

事務机が真ん中に置いてあり、任三郎は窓側のほうの席に座らされた。応接室ならそちらが上座となるが、取調べの場合は出口より少しでも遠いほう、つまり逃げられないための配慮である。ここでカツ丼でも出てくれば、テレビドラマなのだが、茶一つ出てはこない。

任三郎は今まさに、殺人者として取調べを受けようとしている。いや、阿久津が意識を取り戻したから、殺人未遂となるのか。いずれにせよ、冤罪(えんざい)が証明できなければ、この場で逮捕されブタ箱に留置される。それから起訴され、百歳の記念の誕生日は、拘置所の中で迎えることを覚悟せねばならない。

「本当に、阿久津さんが来ていたことを知らなかったのかね?」

刑事の、尋問する口調が変わってきている。頭の上から言葉が落ちてくる錯覚に、任三郎はとらわれた。完全なる、容疑者扱いだ。

「ええ。天地神明に誓って。インターホンは鳴らなかったし、まったく知らなかった。阿久津さんが来たのを知ってれば、中に入れましたよ。家の者は、口は悪いがそんなに邪険じゃない。現に、その前日もその前々日も……消防署に確かめてもらえば分かるでしょうよ。応急手当がよかったと、救急隊員も褒めていたくらいだ」

ここに救われる余地があるだろうと、任三郎は声を嗄(か)らして説いた。

「だが、三日目は来たのを知っていても、誰も出なかった。あんたが出るのを止めさせたんだ。それは、阿久津さんが恐ろしかったからだ。そうだろう？」

——これが、刑事の誘導尋問ていうやつか。

犯人を陥れる常套手段だと、任三郎は思った。自分が今書いている推理小説にも、こんなシーンを綴ってある。だがこれはバーチャルなどではない、正真正銘の現実なのである。

「家に帰りたかったら、洗いざらい話しな。あの暑さの中、阿久津さんが死んでもいいと思ってドアを開けなかったんだろ？」

刑事のまくし立てが止まらない。任三郎は、その都度激しく首を振って、無実を主張する。

「いや、まったく違う。阿久津は嘘をついてる」

どんなに正当な理由を主張しても、証拠がなくては不利な状況であることに変わりない。こんなやり取りが、何時間もつづいている。

どこに打開を見つけようかと、任三郎は模索した。だが、頭の中が空回りして、焦りだけが先に立った。

「いや、あんたのほうが嘘をついてる。阿久津さんが熱中症と空腹で、倒れてしまうことを知っていて、ドアを開けなかった。悪質というより、言いようがないな」

阿久津が来たのを知っていた、知らないの堂々巡りで時だけが過ぎている。もう、どれほど時が経っただろうか。いつしか、外は薄暗くなってきている。この季節なら、午後の七時に近いところだ。蒸し暑い部屋の中で、任三郎の体力も、限界に達している。人の命に関わる事件なので、相手が年寄りだろうが若かろうが容赦をしない。とことんまで追及するのが、刑事の仕事である。いつ果てるとも分からない尋問に、任三郎の心は折れそうになった。

――いや、いかん。

諦めては駄目だと、心に鞭を打つ。任三郎が、首を振って気持ちに喝を入れた。ハンカチで首の周りを拭きながら、口調を穏やかにして、刑事が任三郎を説得にかかる。ときには怒鳴り、ときには宥めすかす。緩急を織り交ぜて、自供までもっていく。

「なあ、桜田さんよ。これじゃ、いつまで経っても埒があかねえな。どうだい、そろそろ終わりにしねえか？　このままだと、あんただけじゃなく、家族の人たちにも来てもらわなくてはいけなくなる。遺棄幇助といってな、共犯ってことになっちまうよ」

　とうとう刑事は、任三郎にとって一番弱いところを突いて自供を強要してきた。ここを落としどころと見た刑事は、口調を強くさせてさらに言葉をつなぐ。

「そうしたくないだろう。だったらとっとと吐いて、楽になっちまいな。知っていたと言ってくれたら、クソ暑い中でこんな問答をしねぇですむんだ！」

　任三郎の頭の中は、朦朧としている。刑事の言葉さえも、虚ろに聞こえてきていた。任三郎は、自分に限界を感じていた。どうせ、もう長くない命だと。ここが人生の終着点だと、諦めの境地に入っていた。

「刑事さん……実は……」

　任三郎の言葉が、途中で止まった。制服の警官が、部屋へと入ってきたからだ。

「どうした？」

　警官が近寄り、刑事に耳打ちをする。その言葉は、任三郎の耳には届いていない。すると、急に刑事の態度が変わった。

「桜田さん、もう帰っていいや。家まではパトカーで送るから。きょうは、ご苦労でしたな」

　言うと刑事は、すっくと立ち上がり、理由(わけ)も語らずに出ていった。

「家までお送りしますよ」

残った制服の警官が、穏やかな顔をして任三郎に言った。とにもかくにも、一難は去ったらしい。

家に着いたときは、とっぷりと日が暮れていた。

夜となっても、蒸し暑さが体に纏わりつく。これで二十日連続、30℃以上の熱帯夜になることは間違いがない。

「帰れてよかった。心配したよ」

「ああ。風呂に入りてえ」

伴子の心底から安堵した言葉に、任三郎は小声で返した。

「今、太一郎が入っているよ」

「そうか。だったら、そのあと入る。太一郎に大事な話があるんでな、オレが風呂から出るまで待ってろと言っておいてくれ」

そう言い残し、任三郎は階段を上っていった。汗でべとべとになった服を、寝巻きに着替えるためだ。今は、全部の部屋に冷暖房が行き渡っている。温度の調節は、部屋ごとでできる。ひんやりと冷えた部屋で、任三郎はしばし体を休めた。

温（ぬる）めの風呂にゆっくりとつかり、任三郎はつくづくと娑婆（しゃば）のよさを実感した。気持ちも体の疲れも癒し、風呂から上がった。食卓のテーブルで、太一郎がビールを呑んで待っている。

「話はおふくろから聞いたよ。大変だったんだってなあ」

他人事（ひと）みたいな太一郎の言い方に、任三郎は腹が立ったがグッと抑えた。

「おまえが早く話してくれたら、もっと違った成り行きになったはずだ」

「話って、何をだ？」

「決まってるだろ、阿久津の話だ。おまえはそれを避けて、ずっとオレから逃げ回っていたじゃないか」

「俺が、逃げてたって？」

「ああ、この二日、夜は遅く帰り、朝は早々に出かけやがる。これじゃ、話もできねえだろうが」

語っていながら、任三郎の口調が怒りを帯びてきた。

「俺が遅く帰ったり、家を早く出たのはたまたまだ。現にきょうは、こうして早く帰ってるじゃねえか」

「だが、阿久津さんはおまえに話があるような……」

「いや、違うな。阿久津という人は、俺に話があって来たんじゃない。まあ、まったく関わりがないと言っては嘘になるがな」

「阿久津のやつは、オレを監獄にぶち込もうとした」

「なんだって？」

「ああ、警察でもって聴取された。オレが阿久津を殺そうとしたんではないかとな。なんで、オレがヤツから恨みを買わなきゃならねえんだ？　それは、税金の徴収に当たってたおまえだろうに」

太一郎の鼻に、指先を向けて任三郎がツッコミを入れた。

「そいつは違うな、親父」

「どこが違うってんだ？」

「まあ、興奮しないで一杯呑めよ。血圧が、上がっちまうぞ」

親に向かっての言葉遣いではないが、そこは慣れていると任三郎は意に介していない。だが、太一郎の落ち着きには訝しさを感じている。

自分も少し落ち着こうと、倅子にビールジョッキを持ってこさせた。そこに、太一郎が缶ビールの口を傾けた。

「阿久津さんて人が、なんでここを訪れたか知らないけど、俺と関わりがないのは確かだ」

「だが、おまえの名を口にしたぞ。昔、世話になったとな。世話ってのは相当にきつい取り立てのことだろ。暴力団みたいにな。可哀想にあんなに落ちぶれて、三度のめしすらも満足に食えてないらしいぞ。貧乏人に向けて、役所も酷えことをしやがる。まるで、ヤクザだ」

　任三郎の言い分は、昼間伴子に語っていたのとはまったく正反対だ。それほど太一郎に対しても、怒りがこみ上げていたのであった。

「阿久津さんが、貧乏ってことはないよ」

　太一郎が、ポツリと口にした。

「なんだって？」

　阿久津の、前歯が抜けた貧相な顔と、薄汚れて汗臭い身形を見れば、にわかには信じられない。任三郎は、驚く目を太一郎に向けた。

「貧乏なんてとんでもない。それどころか、かなりの金持ちと言ってもいい。だが、かなり吝嗇だ」

　言い切る太一郎に、任三郎は首を傾げた。

「どうして、そんなことが言える？」

「親父が警察から疑われたとあっちゃ、話さなくてはいけないな。ただし、これはここだけの話にしといてくれ」

太一郎の言葉の様子からして、かなり深い事情が隠されているらしい。任三郎は、ゴクリとビールで渇いた咽喉を潤しうなずきを返した。

「ここで聞いたことは、誰にも言わない」

任三郎の返事を聞いて、太一郎が、おもむろに語りはじめる。

「阿久津家ってのは、東浦野駅周辺の大地主でな……」

昭和の時代、東京の三多摩と千葉を結ぶ武蔵山線が開通したときに新駅ができ、周辺の土地が爆発的に値上がりして地主は恩恵を受けた、いわゆる土地成金である。駅前に建つ高層ビルも、阿久津家の土地であったものだ。どれほどの財産があるか分からないとは、近在の人たちの評判である。阿久津彬は、本家の次男坊で、かなりの財産を分与されたという。

数年前、阿久津彬の家に国税の査察が入って、数億円の所得申告漏れが見つかった。脱税で起訴されるには至らなかったが、かなりの追徴金が課せられた。所得税の追徴があれば、市県民税の額も見直されて変わってくる。所得税の追徴に見合う税として、八百万円ほどが住民税に加算された。

「三度督促したにもかかわらず、阿久津さんは支払おうとはせず、俺が直接徴収に出向いたんだ。五百坪もある大きな屋敷でな、高級車が四、五台停まっていた。その時応対に出たのが、その阿久津さん本人だ。俺が身分証を差し出すとな、こんなことを言ったんだ。『――あんた、桜田っていうのかい。もしかしたら、父親は桜田任三郎っていうのか？』って。そうですって答えたら、その場で、一括でもって税金を払ってくれた。阿久津さんとは、それだけだ」

もし太一郎の話が本当ならば、税金のこじれとはまったく関わりがない。

「だったら、この間オレが訊いたとき、なぜにそいつを言わなかった？」

「税金の徴収ってのには、守秘義務ってのがあってな。たとえ家族であっても、他人の税金に関わることは語ってはならないことになっている」

太一郎は、単に職務をまっとうしたに過ぎなかったのだ。

阿久津と太一郎の関わりは得心がいった。だが、任三郎を避けていた様子には疑問があった。

「だったら、なんで遅く帰ったり、早く出てったりした？」

「役所の用事を、なんでいちいち言わなくちゃいけないんだ。あまりにも暑いんで、このところぶっ倒れる市民が多くてな、その対策で、えらく忙しかった。そんなんで、お疲れさんと課員と一緒に吞んでくるのがどこが悪い。朝だって早くから、暑さ対策でいろいろやることがあるんだ」

太一郎はそこまで語ると、ビールを呑み干しスタスタと自分の部屋へと戻っていった。

六

なぜに阿久津は訪ねて来たのだろうと、任三郎の頭の中はその疑問だけが残った。

「……そもそも、なんで東浦野からここまで来られた？」

携帯端末は壊れ、所持金もほとんどない。それでも、百歳の老人が、こんな酷暑の中電車を乗り継いで来られるものだろうか。どんなに考えても、分からないものは分からない。それと、もっと分からないことがある。

任三郎を犯罪者として陥れる魂胆が、まったく分からない。疑問に尽きるのは、ここだと、任三郎は思い出す限り阿久津との関わりを考えた。いく度かあった同窓会では、そんなに怨まれるようなことはしていないし、たいして話も交わしていない。そうなると、思いは八十年以上前に遡る。

「……高校時代に、オレが阿久津に何かしたのか？」

呟きが、任三郎の口から漏れて出る。

「何をブツブツ言ってるのさ」

いつのまにか、伴子が対面に座っている。

「阿久津さんのことを、考えていたのかい？」

「ああ。太一郎とは、まったく関係がなかった。阿久津という男は、かなりの金持ちであるらしい」

「へえ、人は見かけによらないもんだね。あんな貧相な面をして、はらっぺらしだというのに。あんな奴に、めしなど食わせてやるんじゃなかったよ」

夫を犯罪者に仕立てようとしただけに、伴子の言葉も辛辣である。

「だけど、なんでここまで来れたんだろうね。あんなよぼよぼな、クソジジイだってのに」

「クソジジイだけ、余計だ」

同じ齢の男を詰られれば、いい気はしない。任三郎が阿久津を擁護するのは、自分に向けて言われていると思ったからだ。

リビングで一人、何食わぬ顔をして兄の富二夫がテレビを観ている。警察から戻ったときも、お帰りとか、お疲れさんとかの、労（ねぎら）いの言葉をかけられることもなかった。なぜに、こんな男の面倒を見なくてはならないかと思うも、たった一人の兄弟を見捨てるわけにはいかない。

桜田家は一見裕福そうに見えるが、働ける者は働かないとすぐに窮地に陥ってしまう恐れもある。無駄飯食いが多いと、そんな憂いが太一郎の妻である美砂代の口からたびたび漏れていた。無駄飯食いとは富二夫を指すのは明らかだが、食費を賄ってもらっている任三郎には、それを言い返せる力がない。

富二夫が観ているテレビから、こんな音声が聞こえてきた。

番組は、CMに入ったらしい。『無免許でも乗れるパーフェクト自動運転車ニットヨ ユービス。ご高齢な方の一人旅、日本中どこにでも……ユービスで行ってらっしゃーい』と、耳に伝わってきた。

「これか！」

パーフェクト自動運転車は、行き先をインプットするだけで、寝ている間に、どこでも連れていってくれる。だが、かなりの高級車で、庶民には高嶺の花で、とても手を出せるものでない。小型車でもまだ一千万円以上はするとされている。太一郎から話を聞く前だったら、そのＣＭも任三郎の耳に入らなかったが、今となっては違ってくる。

「土地成金だったら、あんな車を買うのは屁みてえなもんだろ。現実に、高級車が四、五台あると太一郎も言っていた」

任三郎が、伴子に話しかけた。

「というと、あの爺さんは車で来てたってのかい？」

「ああ。免許証はとっくに返納しただろうから。だけど、自動運転車なら来られる」

「どこに車を停めておくんだい？」

道端は駐車禁止で、すぐにレッカー車がもっていってしまう。

「そうだ、百メートル先にコンビニがあるだろ。あの駐車場は広いから、そこに停めておいたんだろうよ。ああ、間違いない」

任三郎の勘は当たっていた。それが分かるのは、翌日のことである。

そして翌日朝早く、任三郎を取調べた刑事が訪れてきた。

応対に出たのは、任三郎自身であった。また任意出頭かと思うと、気がめげる。だが、一晩寝て体力が回復している。それと、阿久津のことが少しは分かってきた。絶対に弱気にならないとの気持ちを込めて、任三郎は出頭に応じることにした。しかし、それは取り越し苦労のようであった。

「いろいろ辛く当たったのは、仕事なんで許してください」

刑事は、まずは謝罪から入った。尋問とは、うって変わった丁寧な口調であった。

「きのうの夜、コンビニのエコマートから不審車が停まってるって連絡が入りましてな、それがなんと阿久津さんの車だったことが分かりました」

――やはり、コンビニに停めてあったのか。

自分の勘のよさを、任三郎は心の中で自賛する。

「それで、入院している阿久津さんに問い質したところ、玄関先で倒れたときのことは憶えていないってんですな。チャイムを押したかどうかも、分からないと」

「だが、押したと言ったんでしょうが」

「なんだか、あやふやなんでさらに問い詰めたところ、押したといったのはどうやら嘘だったらしい。桜田さんに、なんだか積年の怨みをもっているようで、嫌がらせをしたかったみたいですな。そんなんで、憶えはありませんかね。昔、苛めたとかなんか……」

「いや、苛めたなんてとんでもない。それよりか、クラスの中では一番仲がよかった。漫才師になろうと、二人で稽古もしていた」

「ほう、漫才師をね。そりゃ、仲がよかったですな。だったら、卒業したあとで何か？」

「いや、まったく交流がなくて、ずっと会ってなかった。たまに会うのは、同窓会くらいなもので、そこではたいして口を利いた憶えがない」

任三郎は、語っていて思い出したことがあった。

「そういえば、あれほど高校時代に仲がよかったのに、なんで同窓会では口を利かなかったんだ？」

任三郎が、独り言のように口にする。

「そこを思い出せば、動機が知れるんですがなあ」

「いや、どんなに考えても思い出せんのは、出せん」

任三郎は頭を振るって記憶を絞り出そうとするも、脳味噌に溶け込んでしまった記憶は、そうそう簡単には出てくるものではない。

「だったら、刑事さん。オレが行って、直に阿久津から訊いてみたらどうかね」

この方法しかなかろうと、刑事も同意し任三郎はパトカーに乗った。今朝も、近所の人たちの好奇な目が向いている。任三郎にとってありがたかったのは、制服の警官と私服の刑事がニコニコと笑みを浮かべ、パトカーに乗るときも丁重な応対で接してくれたことだ。ご近所の手前に、配慮してくれたのだと。おかげで近所の人たちは、つまらなそうな顔をして、すぐに家の中へと引っ込んでいった。

面会の時間外だったが、警察の捜査特権で阿久津に会うことができた。すでに集中治療室から、一般病室に移されている。それも、相部屋ではなく個室である。

「元気そうだな」

目を覚ましている阿久津に、任三郎が声をかけた。刑事が病室の隅に座り、二人の話を黙って聞いている。

「ああ、桜田か。なんだか、迷惑をかけちまったようだな」

「なんで、オレのことを怨んでいた？　本当は、倅のことじゃないんだろ」

阿久津と会うのは、これを知るのが目的である。余計なことは省いて、任三郎が切り出した。

「ああ、そのとおりだ。先日、漫才グランプリを観てたらな、急に桜田のことを思い出した。そしたら、無性に腹が立ってな……」

漫才グランプリは、若手芸人の登竜門とされる演芸番組である。

「そんなの観てて、なんでオレのことに腹が立った？」

「おめえは憶えてねえだろうがな、八十年前も、あんな番組があったのを知らねえか？」

その当時『勝ち抜き漫才合戦』という番組があった。ネタを披露して、五週連続勝ち抜けば、十万円の賞金の上に芸能事務所に所属できる。そうなれば、一躍人気者になって芸能の世界で生きていくことができる。阿久津は、高校時代にその夢が捨てきれず、任三郎を相手に漫才の稽古をしてきた。『俺は一流芸人になるんだ』と、常々口に出していた。相方の任三郎はまったく考えが逆で、そこまでの意識はなく、漫才を単なる遊びとしてとらえていた。

高校三年生のときである。

阿久津が『勝ち抜き漫才合戦』の予選に応募し、予選会の日取りの通知が送られて来た。夏休み中だったので、二人は浦野駅で落ち合うことにした。そこから電車と都電を乗り継いで、牛込河田町（うしごめかわだ）のテレビ局へと向かうことにしていた。予選会は夕方の五時からで、二時に待ち合わせれば充分に間に合うし、余った時間はネタ合わせに使おうとの段取りであった。そこで、駅の東口改札口を約束の場としたのだが、阿久津が待てど暮らせど任三郎は来ない。桜田の家に電話をかけても通じず、連絡の取りようがなかった。駅の時計は午後四時を指し、阿久津は諦めることにした。応募の返信はがきには、時間厳守とあったからだ。遅刻をしたら、受付さえもしてもらえない。そんな注意書きも書かれてあった。一月（ひとつき）に一度は予選会があるが、阿久津の気持ちはそれで萎えていた。

夏休みが終わり、学校がはじまると、阿久津とは急に疎遠となっていた。任三郎も、大学の受験勉強に精を出さないといけない時期に差しかかっていた。同じクラスでも、まったく口を利かなくなっていたが、任三郎がそれを気にすることはなかった。

「だったらオレもな、阿久津。浦野駅の東口改札で、四時まで待っていたんだぞ」

約束した日が、一日ずれていたのである。ようやく思い出した任三郎は、寝ている阿久津に向けて言った。

「なんだって？」

任三郎は任三郎で、阿久津が約束を違えたと思っていたのである。それを、八十年の時を経て、初めて互いが知ったのであった。

阿久津はそれをずっと怨みに思い、任三郎はすぐに忘れ去っていた。漫才への情熱と思い入れが、それほど違っていたのだ。

たったそれだけの些細な事が、八十年経っても焼き鏝（ごて）のように阿久津の心を抉（えぐ）っていた。そして、八十年越しのお礼参りとなったのである。

「ジョーダンじゃねえぜ、阿久津」

「お礼をしてやったんだ。少しは喜べ」

任三郎のツッコミに、阿久津がボケた。

「ちょっと訊きたいんだが、阿久津」

「なんだ？」

「阿久津の家は、相当な財産家だって聞いたが、なんで、あんな貧相な格好で、その上腹っぺらしだった？」

「そうしないと、そっちに怖さが伝わらないだろうよ」

阿久津が、自分で考えたとネタをばらした。

「笑えないネタだぜ」

任三郎が、鼻で笑って返した。

いつしか部屋の隅に座っていた刑事の姿はなくなっている。事件性はないと見たのであろう。病院からの帰りをどうしようかと、任三郎は考えていた。

「もうすぐ俺の家族が来る。そしたら、家まで送らすよ」

言って阿久津は、目ヤニのついた細い目を静かに閉じた。

「おい、阿久津。死ぬんじゃねえぞ！」

臨終だと思い、任三郎は大声を出した。

「バカヤロ。おまえが死ぬのを見届けるまで、まだ死ねるか」

「いいかげんにしろ」

任三郎がツッコミを入れ、旧友同士に笑いが戻った。

それから二日後、阿久津は退院したと任三郎は聞いている。

「もうどっちかが死ぬまで、二度と会うことはないだろう。阿久津、達者で暮らせよ」

阿久津の回復を、任三郎は心から祝福して独りごちた。

第四話　人生の大成期間ていつ？

一

百歳の誕生日まで、あと二十日ほどと迫った日のことである。

桜田任三郎の、腕時計型携帯端末に一本の電話が入った。登録がされてなく、見覚えのない電話番号である。〈心覚えのないお電話番号にご注意ください〉と、音声が注意を促してくれる。任三郎はこれを、余計なお世話と思うタイプの老人だが、以後の相手との応対は自己責任である。小首を傾げて、受信アイコンをクリックした。

〈桜田任三郎さまのお電話でよろしいでしょうか？〉

若い女から、名を問われる覚えはないと、任三郎は身構えた。

「さいですが、どちら……」

任三郎の問いを最後まで聞くことなく、相手は素性を明かす。

〈わたくし、創談社編集部の松村と申します」

創談社と聞いて、任三郎はピンと思い当たる節があった。それと同時に、全身の血が、一気に脳天から噴き出すような感覚を覚えた。

――いかん。このままだと本当に昇天してしまう。

受話器を離し、任三郎は大きく深呼吸をして卒倒から逃れた。

〈もしもし、桜田さま……〉

「あっ、はい」

任三郎は、舞い上がる感情を抑え、極力冷静になるよう努めた。そして、逸る心を抑えつけ相手の次の言葉を待った。

〈桜田さまがご応募なされました『明日にある恐怖』が、今戸川賞の最終候補に選出されました〉

そこまでは聞こえた。

〈詳しくは弊社発行の文芸誌『読物ランド』に掲載してございます。よろしく、ご確認のほどお願いいたします〉

あとの言葉は、任三郎の頭の中に入っていない。

「あっ、もしもし……」

と、任三郎が返したときはすでに電話は切れていた。

文学界でも最高の新人登竜門とされる『今戸川賞』の、最終候補にノミネートされただけでも快挙である。大賞候補として五点ほどの作品が選ばれ、最優秀賞を取ったあかつきには、副賞として一千万円の賞金が授与される。そればかりでなく、作品は紙と電子の書籍となって出版され、その印税も大変な実入りだ。そして、晴れて作家としてデビューが叶うことになる。

桜田任三郎が特出しているのは、その年齢である。限りなく近くなった百歳を前にして、もし大賞を取ったならば、そのあとどんな騒ぎが巻き起こるか分からない。いや、候補に残っただけでも、かなりの注目を浴びるかもしれない。

齢九十九にして、作家としての仲間入り。これほどセンセーショナルなことが、またとあろうか。任三郎の心は、天にも昇る心持ちになり、またも脳天に血の滾りを感じた。

頭がクラクラする。

「いかん、卒中を起こしてしまう」

興奮が過ぎて、脳が溢血（いっけつ）を起こす老人は枚挙にいとまがない。万馬券を当てて、そのまま昇天した老人が近所にいたとは、最近聞いた話だ。

スーハー　スーハー　スーハー。

ここは用心と、任三郎は大きく深呼吸を三度して、気を落ち着かせた。

数か月前に書いた推理小説を、この国でも一番権威があるとされる今戸川賞に応募しておいた。それは、五年ほど前にあった出来事をモチーフにして綴った物語である。四百字詰め原稿用紙換算で、五百枚の大作である。任三郎はこれを、三か月で書き下ろした。むろん、大賞の候補作に残るなど夢の夢にも思ってはいない。それが、堂々予選を突破し、しかも優秀五作品の内に入ったというから、有頂天になるのは無理もない。

およそ百年生きてきて、これまで賞罰の賞もなければ罰もない、平々凡々の暮らしであった。それが人生一転、百八十度の変わり目を見せようとしている。

「……さて、どうしよう？」

任三郎は、このことを他人（ひと）に話してよいかどうかを迷った。大賞を取ったならば、それは大声で叫んでもよかろう。だが、まだ最終選考の段階だ。やたらと知れ渡ったら、落選したときの反動が大きい。駄目なときのことを考え、今は自分の心の内にしまっておこうと、沈黙の方を選ぶことにした。

二十一世紀も半分が過ぎようとしている西暦２０４９年は、とびきり暑かった夏も去り、いく分秋めいた日のことであった。

桜田家には、現在百歳以上が三人いる。そして、十月に入ればもう一人、大台に仲間入りをする。

九人家族中四人が百歳を超える、超高齢者がおよそ半数を占めるようになる。そして、七十代と六十代が一人ずつ。三十代前半が二人いて、五歳になる幼女がぐっと平均年齢を引き下げる。

最高齢である百三十六歳の桜田千代子を、百一歳になったばかりの、嫁の伴子が世話をしている。痴呆も進み、ほぼ寝たきりであるが介護用品が改良され、介護をする側にかかるストレスは、三十年前と比べると、格段と解消されるようになっていた。

今や七十歳以上が、四人に一人。百歳以上が、五十人に一人と言われる時代である。老人の孤独死防止と介護予算縮小対策のために、政府は国策として大家族化を奨励している。桜田家は、そのモデルとして典型的な家族構成を成していた。

任三郎が、創談社編集部の松村から電話を受けた翌日のことであった。キンコンと玄関のチャイムが鳴り、その応対に出たのは伴子であった。そのとき任三郎は、リビングのソファーでくつろぎ新聞に目を通していた。

「あんた、こんな人が来たよ」

伴子が、モジバイルーペの前に紙片を差し出す。それは二枚の名刺であった。『報日新聞S支局　社会部記者　鳥井健一』とある。もう一枚には、同社の写真部で篠山弘樹とあった。

「……さっそく顔写真を撮りに来たのか」

任三郎は、今戸川賞の件で来たのだと解釈した。S支局とあるから、地方版であろう。わざわざカメラマンまで連れてくるのだから、かなり大きな扱いが想像できる。髭を剃っておけばよかったと、急な新聞記者の来訪が悔やまれる。ステテコとランニングシャツのくつろいだ姿に、ズボンとポロシャツを慌てて纏って身形を整えた。

玄関の三和土に、二人並んで立っている。

一人はショルダーバッグを肩から吊るし、もう一人は一眼レフのカメラを首にぶら下げている。どちらが鳥井で、どちらが篠山かそれで分かった。

「お忙しいところ、急に申しわけございません」

と、鳥井が丁重な挨拶をした。それに倣って、篠山が小首をおざなりに下げた。

百にもなろう老人が、さほど忙しいわけもない。

「どのようなご用件で……？」

分かってはいるが、自分の方からは切り出せるものではない。努めて冷静な態度で、任三郎が問うた。いかんせん、生まれて初めての経験である。頭の中は、インタビューにどう接しようかと、それだけで一杯になっている。最終候補に挙がっただけでもこれだから、大賞となったらどれだけの記者が押しかけてくるのやら。門にも入りきれない人だかりを想像して、任三郎はまんざらでもないといった、破顔の表情となった。

――そうだ、テレビクルーも来るな。

想像は、さらに膨張する。

「あのう、よろしいでしょうか？」

羽化登仙の境地にある任三郎に、鳥井の声がかかった。

「何か、お取り込みのところをお邪魔しましたようで……あとで、まいりましょうか？」

下からのぞき込むように、鳥井が問うた。

「いや……申しわけない」

気持ちの中が見透かされたかと、任三郎は真顔に戻しこの場を取り繕った。

「このたび私どもがお邪魔しましたのは、実は……」

鳥井の口から用件が語られる。

「桜田さまのお宅は、百歳以上の方が四人おられますかと?」

その問い一つで、任三郎は早とちりを知った。

「いや四人ではない、三人だ」

任三郎の、返す言葉もぞんざいとなった。にわかに不機嫌となった任三郎の表情に、記者たちの戸惑いの目が向く。

「オレは九十九歳で、まだ百にはなっていない。二桁と三桁では、えらい違いだ」

と、きっぱりと否定する。

「それは、失礼を」

不機嫌のわけを悟った記者は、任三郎に向けて小さく頭を下げ、謝罪の意を示した。

「もっとも、来月には大台に乗るがな」

年寄りに、二桁も三桁も関係なかろうと、記者たちの目がそう語っている。だが、任三郎にとってこのあとの日々が、気持ちを百歳にもっていく重要な心の準備期間となるのだ。二桁から三桁になるというのは、それだけ気分的に雲泥の差がある。絶対に『百歳おめでとう』などと、言ってほしくない派の任三郎であった。以前は、百歳長寿の慶賀として、賞状と銀杯が内閣総理大臣から贈られていた。だが今は、百歳以上の人が増え過ぎ、予算の都合からか廃止されている。それでいいのだと、任三郎は思っていた。

「ところで、こちら様に今年百三十五歳になるお婆さまがおられるとお聞きしまして、おうかがいしたのですが……」

「百三十五じゃなくて、六だったと思うが」

任三郎が一歳つけ足し、訂正した。このくらいの一歳の違いはどうということもないと思うが、それがそうではない。

「なんですって！」

新聞記者の驚く声に、任三郎はなぜにだと訊かんばかりに訝しげな目を向けた。

「今、総務省の……」

どうやら、玄関で立ちながらする話ではなさそうだ。記者たちをリビングに案内し、ソファーに腰掛け向かい合った。

伴子が、紅茶でもてなしをする。

「奥さまですか？」

「あらいやだ。奥さまだなんて、そんな言われ方をしたのは四十年ぶりですわ」

「四十年ぶりって……失礼ですが、今おいくつになられますので？」

「こんなババアに齢など訊いたって、一文の得にもなりませんわよ。でも、隠すことでもないですし。昭和二十三年の八月生まれだから、もう生まれて百一年も経ちますのよ」

「ええーっ、百歳を超えているんですか？」

お世辞とも思えない、記者の驚き方である。

「すると、奥さまが百歳超えの四人……いや、三人の内のお一人で」

「そういうことに、なりますね」

「すると、百三十六歳のお婆さまのお世話をしているというのは……」

「嫁のあたししかおりませんでしょ」

これはいい記事のネタになると、新聞記者の目が光る。

「おい篠山。あとで、写真を撮らせてもらおう。よろしいですか？」

「あたし、新聞に載るんですか？」

「できれば、取材にご協力ください。新聞ばかりでなく、弊社のネットニュースでも取り上げます」

記者も、百歳以下には興味がなさそうだ。任三郎を差し置いて、伴子との会話が弾んでいる。

「あらいやだ。だったら、お化粧をしておくんだった」

「そのままでも、ずいぶんおきれいですよ」

歯の浮くような記者の世辞に、任三郎は背筋に冷たいものが走る感じがして、顔を顰めた。

「誰だい？」

そこに、任三郎の兄である富二夫が顔を出した。

「これは、ご主人さまで？」

記者は、富二夫が伴子の旦那で、桜田家の主と思っている。どこからどう見ても、百歳をゆうに超えている富二夫の様相に、記者たちが興味の目を向けた。鳥井は懐から名刺を取り出すと、富二夫にも一枚渡した。

「どうでもいいけど、早いところここをどいてもらわねえと、テレビが観られねえで困るな」

富二夫の応対に、記者の鳥井とカメラマンの篠山が唖然としている。

「何を言ってるのさ、義兄(にい)さん。あんたこそ、あっちに行っててよ」

えらい剣幕で、伴子が富二夫を詰った。その伴子の形相にも、鳥井と篠山は呆然としている。

「まったくうるせえ女だ」

捨て台詞を吐いて、富二夫はリビングを出ていくと、ダイニングの食卓に腰をかけた。

「すみません、お恥ずかしいところをお見せしまして」

伴子が、場を取り繕うように詫びた。

二

任三郎が、家族構成を説明し、記者はようやく得心をしたようだ。

「それで、お兄さんをお引取りになったのですか」

富二夫同居の経緯を聞かせたときは、記者たちも神妙な面持ちとなってくれた。

そして、話は本題に入る。

玄関での話が途中で終わっている。そのつづきから入った。

「今、総務省の人口統計調査によりますと……」

母親千代子の年齢が、百三十六歳と知って驚いた記者の理由が語られる。

「この国の最高齢者は、百四十歳の男性であります」

「ずいぶんと、長寿になったもんだなこの国も」

任三郎が、うなずきながら口を挟んだ。ちょっと黙っていて欲しいと、記者は無言で眼光にその意を宿す。

「驚くなかれ、今年百三十五歳になられたお方は、全国に五十人もいるそうです。ですが、一歳上の百三十六以上となりますと、ぐっと数が減り全国で五人しかいないのです。今言いました、百四十歳の男性もその一人でありまして、お婆さまも五人の内に入っておられる。ですから僕が、先ほど驚いたって次第なのです」

記者の鳥井は、百三十五歳が急激に増えた実態を記事にしたくて、取材に訪れたのだと言う。

「ですが、こちらさまに百三十六歳のお方が存在するとは、まったく思ってもいませんでした」

まるで、絶滅した動物の化石でも発見したような鳥井のもの言いであった。これはスクープだと、表情に出ている。

「ぜひ、写真を撮らせて記事にさせてください。できましたら、奥さまが介護しているところをお願いできればと思っております」

「もちろんよろしいですよ」

伴子は賛成するも、任三郎は浮かない顔をしている。なんだか家の恥を世間に晒すような気分となったからだ。

そこに、今度は孫娘の夏美が曾孫の綺宙を連れて入ってきた。

「ママ、この人たちだあれ?」

不思議そうな顔をして、綺宙が鳥井と篠山を交互に見やっている。そして、目が一点にきて止まった。

「ママ、あのおじさんの首にぶらさがっているのなあに?」

篠山のカメラに、綺宙は興味をもったようだ。篠山は、年季が入ったニコンの一眼レフを使用している。どれほどの値がつくか分からないほど、今では貴重な代物であった。

今の子供に、昔のカメラなど見せても分からない。生まれたときから、どれくらい写真に撮られたか分からないほどの被写体でも、こんなカメラを見るのは初めてだ。よほどのカメラ好きでない限り、今は一眼レフなど持つ家庭は少ない。ずっと以前からスマートフォン型の、薄い板状の物が、一般人が持つカメラの主流であった。今は、片手で持てるそんなカメラでも、映画が撮れるほど性能がよくなっている。

「お嬢ちゃんに、一枚撮ってあげな」

鳥井が、綺宙のご機嫌を取るつもりで言った。すると篠山が、カメラを構えて綺宙にレンズを向けた。

「ちょっと待て、これはお婆さんとのツーショットで撮ろう。年齢差百三十一歳ってのは、いい絵になるぞ」

鳥井が、シャッターを押すのを止めさせた。

任三郎は見世物ではないと思ったものの、綺宙の母親である夏美がその気になって喜んでいる。

「綺宙、お洋服を着替えましょ」

「いや、そのまま普段の姿を撮らしていただけたらありがたいのですが」

自然の生活のままを写したいとは、篠山のカメラマン魂が言わせるようだ。

任三郎にふとした不安が生じたのは、篠山の言葉の中にあった。普段の姿といっても、曾曾祖母の千代子と玄孫の綺宙は、これまで顔を合わせたことは一度もない。亭主と離婚した夏美が、綺宙を連れて家に出戻ったのは、二年半ほど前のことである。そのときすでに千代子は認知症を患い、二階の部屋で寝たきりであった。階段が危ないと、綺宙を二階に上らせたことはない。一つ屋根の下に暮らしていても、まったく顔を合わせたことのない家族というのはあるものだ。

これを機に、一度会わせておくのもよいだろうと任三郎の気持ちが向いた。

「それじゃ綺宙、お二階に行こうか」

夏美が綺宙の手を引くが、どうしてだか、嫌だとダダをこねている。

「あれ、お二階いやなのかい？」

伴子が、綺宙に訊いた。

「うん、いや」

「どうしてなの？」

「おにかいに、おばけがいるってママがいってた」

普段どういう教育をしているのだと、任三郎は夏美に目を向けると、顔が真っ赤になってる。

「綺宙、そんなこと言ってないでしょ」

言い咎めるも、子供は正直である。綺宙が嫌がるのをみんなで宥め、二階へと向かった。そうして記者とカメラマンを含めた六人が、千代子の寝ている部屋の前に立った。

任三郎が、ドアを開けようとすると、綺宙が大声を出して泣き出した。

「おばけ、こわーい」

と、夏美の持つ手を引っ張る。

「これでは、ツーショットは無理のようですね」

カメラマンの篠山が、諦めを口にした。

「いや、ぜひとも撮ってもらいたい」

言い説くのは、任三郎である。家の恥部を見られた思いもあったが、一度は孫の夏美と曾孫の綺宙を、母親である千代子が生きているうちに会わせ、記念となる物を残しておきたかったからだ。この機を逃したら、もう二度となかろうと、任三郎の勘であった。

「おばけなんかいないよ、綺宙。中にいるのはね、優しいお婆ちゃんだ。さあ、

「一緒に入ろう」

任三郎が、綺宙を説得する。思えばこういう風に、曾孫の綺宙と向かい合ったのは初めてのことだと、任三郎は自らの至らなさを認識した。「うん」と、大きくうなずく綺宙の返事が、任三郎には嬉しかった。

静かにドアを開け、六人が部屋の中へと入った。

「大勢して、どちらさまで?」

毎日顔を合わせている、任三郎と伴子の顔すら忘れている。内臓が人一倍丈夫にできているので、足腰さえ立てば家の外を徘徊してしまいそうだが、今は寝たきりである。

「かあちゃん、玄孫の綺宙だ。会うの初めてだろ?」

任三郎は、もの心ついたときから、母親の千代子を『かあちゃん』と呼んでいる。それは、幾歳(いくつ)になっても変えられるものではない。

伴子が介護ベッドを操作し、千代子の上半身が起き上がった。この日は、千代子の気分も上々のようだ。

「おや、猫ちゃんのようにかわいいね。こっちにおいで」

千代子が、綺宙を手招きした。端のうちは夏美の腰にしがみつき、怖がっていたが、綺宙の気持ちもだんだんとほぐれてきたようだ。

「おばけじゃないから。さあ、お婆ちゃんのところにいきなさい」

夏美に促され、綺宙が千代子の顔の脇まで近づいた。そして、小さな手を差し伸ばす。その手を千代子がシワシワの手で握った。

その瞬間、カシャカシャッとシャッター音が連続で鳴った。さすがカメラでめしを食う男である。篠山は、シャッターチャンスを逃がすことはない。

「おかげで素晴らしい、お二人の表情が撮れました」

モニターの再生画面を見ながら、記者の鳥井が言った。

その直後であった。

「おばあちゃん、こわーい」

と大声を出し、綺宙が再び泣きはじめた。やはり、痩せ衰えた皺顔は、綺宙にとっては奇形に見えたのだろう。ニコリとしたのは一瞬で、あとは二度と機嫌の戻らぬ泣きっ面となった。

「夏美、もういいでしょ。連れていきなさい」

伴子が、呆（あき）れ口調で言った。

「綺宙、怖かったね。さあ、行きましょ」

夏美が綺宙を連れて、部屋を出ていく。記者の鳥井を見ると、困惑した顔をしている。撮った写真を記事に載せてよいかどうかを、迷っているようだ。

「せっかくいい写真が、撮れましたのにねえ」

カメラマンの篠山が、鳥井の気持ちを慮(おもんぱか)った。

「おや、猫ちゃんどっかに行っちゃったねえ」

あたりを見回しながら、千代子が言った。

「今のは猫じゃないよ。かあちゃんの孫のさらにその孫で、きそらっていう名だ」

だが、今の千代子に何を言っても理解は不能である。このとき任三郎は、ふと思うことがあった。

——果してかあちゃんの目には、世の中はどう映っているのだろう?

今が、楽しいのかつまらないのか。いや、それよりも喜怒哀楽という感情があるのかないのかすらも分からない。任三郎はここで、当世の社会が向き合わざるを得ない、人間の尊厳という重い課題にぶち当たった。

じっと母親の顔を見つめながら、記者の鳥井に話しかける。

「記者さんは、尊厳死というのをどう思ってる？」

ずっと昔から賛否が分かれ、二十一世紀の半ばになっても、なおも議論の尽きないテーマであった。いきなり難しい問いを任三郎からつき付けられ、鳥井が戸惑っている。

「なんとも自分には、どう答えてよいのか分かりません」

「だったら、目の前にいる自分すらも分からなくなった寝たきりの老人を見て、どういう記事を書くつもりなんだい？」

任三郎のツッコミに、さらに鳥井はたじろぐ。三十歳を少し超えたあたりの年齢では、そんな哲学めいた問いを急に訊かれても、答えようがなさそうだ。

「ご長寿、おめでとうございますってか？」

「そう書こうと思ってました」

「だろうな。うちのかあちゃんを見れば、誰だってそう書くだろうよ。本当に幸せそうな顔をしてるものな。だが、自分がまったく分からなくなった人間に対してあんた、おめでとうって書けるものだろうか？」

「書けませんね。ですが、お気の毒とも書けません」

「だろうよ。そこが難しいところなんだな。世の中には、死んでも長生きがしたいと思っている人はごまんといるし……」

矛盾した言い方に、鳥井がクスリと笑いを漏らした。しかし、任三郎の顔は真剣そのものである。

「廃人と化し、死にたくても死なせてはくれないと思っている人も、どれほどいるか分からない」

「桜田さんは、それについてどう思っておいでなのです？」

こちらのほうが記事になるかと、鳥井は居住まいを正して訊いた。

「そうだなあ、片足を棺桶につっ込んだこの齢になると、生き恥をさらさず、痛くもなく苦しくもなく静かに死ねるってのが一番なんだろうな。絶対に治る見込みのない終末期となって、痛くて辛くて苦しければ、殺してくれって頼むかもしれん。それを殺しと取らないのが、安楽死っていうルールなんだろ？　だったら、あってもいいと思うが……」

安楽死とか尊厳死は、いまだ日本では法規上認められていないルールである。

昨年の統計で、死因の四番目に来るのは、嘱託殺人となっている。それと同じ分、身内殺しの数がいるということだ。

「だが、自分の家族を人殺しにはさせたくないと思うのも本音だ。それが、オレの結論ってことでどうだ」

　どっちつかずの任三郎の結論であるが、世間の考え方でもあった。

「そんな難しい話をしてないで、あたしとお婆さんのツーショットはどうなるのよ？」

　いつの間にか伴子が、五分粥を作って用意してある。それに、チューブの梅干を添えたものが千代子の主食である。

「このポーズでいいかしら？」

　スプーンで粥をすくい、千代子の口元にあてたところで伴子の手が止まっている。

「はい、チーズ」

　伴子の顔はカメラのレンズに向いて、笑いを浮かべている。だが、まだ食事の時間ではないのが分かるのか、千代子の顔はためらいを見せている。

「お婆さんの方に、もう少し笑いが……」

　カメラマンの篠山が、注文をつけた。

「おばあさんて、どっちよ？」

「考えれば、どちらもバアさんだな」

「考えなくたって、そうでしょうよ」

任三郎の軽口に、伴子が返した。そのやり取りに、新聞記者たちが口をあけて笑っている。それにつられたか、千代子の顔が綻んでいるように見える。その瞬間を、カメラマンがとらえた。カシャカシャカシャッと、速写のシャッターを切った。

三

翌日の朝刊に、報日新聞の全国版社会面に千代子と伴子の、ツーショット写真が載った。

このごろの新聞は、高齢者の読者に対処してか、本文の文字がかなり大きくなっている。ニュース配信が、インターネットが主流となった今、紙の新聞の発行部数はずっと右肩下がりであった。新聞を購読するのは、パソコンが苦手な年寄りのいる家庭に限られてきている。そのためか、一日のテレビ番組欄が二ページの見開きで掲載されるようになっていた。

『百三十六歳にして、この元気！』という見出しがつけられている。百三十五なら地方版だったが、一歳上の百三十六歳だったので全国版社会面となったらしい。全国で、五人のうちの一人だと、記事には大仰に書かれてあった。

「おい、うちのことも書いてあるぞ」

台所で炊事をする伴子に、任三郎が声をかけた。

「なんて書いてあるの？」

流しに体を向けた姿勢で、伴子が訊いた。

「九人家族で、その内三人が百歳を超え、一人が手に届くところに来ているってよ。これは、オレのことだぜ。とても明るいご家族で、日ごろから喧嘩一つなく、仲良く暮らす大家族だと。笑わせやがるな、あの鳥井って記者」

あとは、差し障りのないことがつらつらと書かれてあった。そこに、兄である富二夫が、朝餉を摂りにダイニングへと入ってきた。

「俺のことは、書かれてるか？」

「ああ。三人の内の一人だってよ」

富二夫の問いに、面倒くさそうな口調で任三郎が返した。認知症を装って妻と離婚し、それからずっと居座っている。昔から、ただ威張ることしか能のない男である。家族みんなから煙たがられているが、そんなことはお構いなしで、どこ吹く風といった態度であった。

「そんな言い方はねえだろ」

「そう書いてあるんだから、仕方ねえだろ。だったら、自分で読んでみろよ」

この兄弟の仲違いは、九十年越しにおよぶものだ。顔をつき合わすたびに、言い争いが尽きない。

「メガネがねえと、読めねえな」

富二夫が、自分の部屋へとメガネを取りに行く。そこへ、夏美が綺宙を抱えて入ってきた。綺宙が掲載された朝刊を見ようと、いつもより早起きである。

「どう、新聞に綺宙が載ってた？」

「そこにあるから、自分で見な」

任三郎が、欠伸（あくび）を堪（こら）えながら言った。テーブルに、紙面が置いてある。

「どこに載ってるの？」

バサバサと、音を立てて新聞をめくる。それが室内では、やけに大きな音に聞こえる。電車に乗って居眠りをしていると、隣の男が新聞をバサバサとめくる。それを、不快と思わない人はいない。そして、おまけのつもりか、パシッと新聞を叩いて、紙面の皺を伸ばす。それと同じことをしている夏美に、任三郎は顰め面となった。

「あれ？　どうして、綺宙じゃないの」

千代子と伴子の写真に、夏美が膨れ顔となった。

「いい写真が撮れたって、言ってたじゃないの」

不満たらたらに、任三郎に言い寄った。

「オレにブツクサ言ったって、しょうがないだろ。文句があるなら、鳥井って記者に言いな」

と、任三郎は突っぱねる。

――仲良く暮らす大家族が、聞いて呆れる。

任三郎が思うも、それを口にはしない。そこに、長男夫婦がそろってやってきた。離婚寸前の夫婦であるが、出勤時間が同じなので、毎朝同じ時間にダイニングへとやってくる。

「夏美、先に新聞を読ませな」

七十歳を少し超した、長男の太一郎が自分の娘から新聞を奪った。そこはちょうど、桜田家の記事が載っている欄であった。

「あれ……これって……?」

太一郎とその嫁の美砂代には、新聞のことは話していない。

「俺んちのことじゃねえか。おい、おふくろと婆ちゃんが一緒に写ってるぞ」

と言って、太一郎は美砂代に新聞を差し出した。

「あら、ほんと。すごく、よく撮れているじゃない」

美砂代は、感動した面持ちである。しかし、太一郎を見るとそうではない。それどころか、不穏そうな顔である。

「どうかしたか、太一郎?」

任三郎が、難しそうな顔をしている倅に問うた。

「これって、全国紙だろ。大変なことにならなければいいが」

太一郎が、言ったところであった。けたたましい音を立てて、固定電話の呼び出し音が鳴った。都合が悪くなければ、テレビ電話に切り替えることができる。着信者を見ると、仙台にいる任三郎の姉の良子(りょうこ)からであった。富二夫よりも二歳上なので、もう百七歳になるが、この姉もすこぶる達者である。互いに顔も見たいのでと、テレビ電話で話すことにした。

「今、テレビ電話に切り替えるから待ってな」

任三郎が、子機で話をしながらテレビの前へと向かう。良子の顔を見たい人だけ、リビングへと移った。

ソファーに座り、テレビと向き合ったのは任三郎と伴子だけであった。

スイッチを入れ、テレビ電話のアイコンを押すと画面に白髪となった老婆が顔を出した。

「元気そうだね、ねえちゃん」

正月に、やはりテレビ電話で話して以来の再会であった。昔から、任三郎と良子は仲がよい姉弟であった。勉強が苦手な任三郎は、よく良子から教わったものだ。

七十年以上も前に仙台の資産家のところに嫁ぎ、玉の輿（こし）に乗った姉である。だが、テレビ電話に映る家族は、ほかに誰もいない。以前なら、うるさい曾孫たちがピースサインなどして、はしゃいでいたものだ。五年ほど前までは十人の大家族であったが、良子の夫が死んだと同時に遺産相続で揉め、それからはてんでんばらばらの核家族となった。今は広い屋敷に残った、四十になる行かず後家の孫娘と、二人で暮らしていると聞いている。

「ああ、悠々自適にやってるよ。どこも痛いところはないし、今でも若いの相手にマージャンを打ってるからね。この間なんか、大三元を上がって、卒倒しそうになったよ」

昔から、強がりしか口にしない姉であった。

「達者で何よりだ」

任三郎も、大三元どころでない気の高ぶりで卒倒しそうになった。それを語ろうかどうか迷ったが、まだ誰にも告げてはいない。ここで姉に話したら、あたしをないがしろにしたねと、伴子から罵られるだけだ。任三郎は自重することにした。

「新聞見たよ。写真、よく撮れてるじゃない。お母さん、嬉しそうな顔をしてる」

「お姉さん、ご無沙汰してます」

伴子が、テレビの向こう側にいる良子に話しかけた。

「おはよう、伴子さん。相変わらず、若いわねえ」

「お姉さんも、三十歳は若く見えますわ。エステかどこかに、行っておられるのですか？」

「ええ。仙台駅前のエステに……そうだこの美容液、肌を潤わせ若さを保つって
いうから買ってきたの。もう一瓶あるんで、よかったら送ってあげるよ」

良子が美容液の瓶を、画面にアップさせて言った。

「ありがとう。でも、お高いのでしょ？」

「おカネのことなんか、どうでもいいのよ。どんなにたくさん持ってたって、墓
場にまでは持っていけないもんね」

聞いてると、とても百七歳と百一歳の会話ではない。だが昨今では、こういっ
た話題が、超高齢者同士の日常会話となっている。

「おい、姉(ねえ)ちゃん……」

そこに富二夫が、割り込むように横から顔をつき出した。

「あら富二夫。あんた、どうしてそんなところにいるんだい？」

「この三月、馬鹿女から家を追い出されてな、今任三郎のところで厄介になって
いるんだ。だが、ここも居心地が悪くてな……」

「相変わらず口が減らない男だね、あんたは。嫁の……なんてったっけあの人？」

「桃代だ」

不機嫌そうな口調で、富二夫が答えた。

「そう、桃代。あの人も根性がよくないけど、あんたが追い出されるのも無理はないね。そんな減らず口を叩(たた)いてちゃ、三行半(みくだりはん)をつきつけられるのも当たり前だわ」

「姉ちゃんも、相変わらずだな。ところで相談なんだが、姉ちゃん。俺を仙台に……」

「真っ平(ぴら)ごめんだね。それより、早くテレビの前から消えなよ」

良子もやはり、子供のころから富二夫とは反りが合わなかった。「――威張ってばかりいて」と、常々口にしていたものだ。姉の良子から一蹴され、富二夫はすごすごと引き下がった。

「あんな奴、早く追い出してやればいいのよ」

「そうは言ってもなあ、ねえちゃん。百五歳にもなった兄貴を、今さら放り出すことなんかできねえよ。あの口だって、慣れてしまえばどうってことはないさ。まあ、こっちで預かるから心配するな」

「やっぱりあんたは、富二夫とは人間のできが違うねえ。そうだ。だったら富二夫の生活費、こっちから送ってあげようか。余計な賄いが、かかっているんだろう？」

なんだかんだ言っても、姉なりに気にはなったようだ。

「いや。今のところはなんとかなってる。何かあったら、相談するよ」

「そうかい。いつでもしておいで」

良子も任三郎の心情を察したようだ。それからしばらく他愛のない話で盛り上がり、互いの健康を気遣い合って、テレビの画面から姉の姿は消えた。


姉の良子と話をしている間に、太一郎と美砂代は職場へと出かけた。

「一言ぐらい、伯母さんに挨拶してってもいいと思うがな」

任三郎が、伴子に息子夫婦の不精を詰った。

「そんなことくらいで目くじら立ててちゃ、長生きできないよ」

伴子からたしなめられ、任三郎の息子夫婦への詰りはその一言となった。

それから、一時間ほど経ったころのこと。

玄関のチャイムが、けたたましく鳴った。居間からモニターを見ると、若い女と男が立っている。伴子が、玄関へと向かった。

「あんた、今度はテレビ局だってさ」

すぐに引き返してきて伴子が、任三郎に告げた。

「テレビ局が、どんな用事だ？」

「お義母さんの取材希望だって。勝手にはテレビで映せないから、事前にうかがいを立てるんでしょ」

「どうしようか？　新聞ならともかく、動画はあまり人には見せたくないもんな」

「断ろうか？」

「ああ、オレが行って話をする」

　任三郎が、玄関へと向かった。するとすでに、女が一人家の中に入り込んでいる。その女はテレビで映す交通事故や災害の現場でよく見る顔で、リポーターと呼ばれている。

「すみません突然、お忙しいところ。今朝新聞で読みまして、駆けつけて来ました。『朝ダネワイド』って番組です。私、そのリポーターを務めております、高宮と申します」

　報日新聞系列のテレビ局なので、情報が早かったのだろう。

「百三十六歳になるお婆さまをぜひ取材させていただけたらと……いえ、ご迷惑はおかけいたしません。日本中の人たちにお元気なお姿を見ていただき、多くのご老人たちの励みになっていただけたらと思っております。尺は五分ほどを用意してあります」

早口でまくし立てるのは、リポーターの特技である。任三郎は、思わず「ハイ」と、返事をしてしまった。

するとリポーターは振り向くと、玄関のドアを開けて外へと出た。

「同意を得たわよ」

外で待っていたスタッフに告げると、待ち構えていたように家の外観にカメラが向けられる。一眼レフカメラと違って、テレビの放映用はかなり重そうだ。肩に担いだカメラマンが、家の全景を撮っている。そして、マイクを持つリポーターの顔に、カメラの照準が向いた。

「今朝は、S市の桜田様にお邪魔して、百三十六歳になるお婆さまの元気なお姿をご紹介したいと思います。それでは、中に入らせていただきます」

外で声が聞こえると、玄関のドアが開いて四、五人の取材スタッフがなだれ込んできた。

三和土に靴を脱ぎ捨て、ドヤドヤと二階に上がっていく。その様子を、階下から夏美と綺宙が眺めている。

「ママ、あのひとたちなあに？」

「なんだか、テレビ局の人みたいね。お婆ちゃんを取材しに来たみたい」

「テレビにうつってるの？」

「観てみようか」

夏美は自分の部屋にあるテレビをつけ『朝ダネワイド』にチャンネルを合わせた。しばらく準備がかかるのだろう、まだ千代子の姿はテレビに映っていない。番組のMCとコメンテーターが、超高齢化社会の問題について語り合っている。その特集の一環で、超高齢の千代子を撮りに来たようだ。

二階に上がってみたい衝動に夏美は駆られたが、実写を観たいとテレビにかじりついた。

四

しばらくしても、千代子の姿は画面に映らない。

「ママ、どうしておばあちゃんはテレビにうつらないの？」

綺宙から問われても、夏美には答えようがない。早くしないと、特集が終わってしまう。テレビでは、番組MCがこんなことを言っている。

〈これからご紹介しますのは、今年百三十六歳になられました超ご高齢の女性でございます。そのご家庭と、中継がつながっております。リポーターの高宮さん……〉

MCが呼んでも、画面は切り替わらない。

〈どうも、中継の具合が悪いようです。それでは一旦、コマーシャルに入ります〉

臨機応変に、番組を進めるところはさすがである。


そのころ二階では――。

任三郎がテレビクルーを、千代子の部屋へと案内した。ドアを開けると、千代子は目を覚まし、大勢の来訪に驚きの顔を見せている。

「ごめんなさいねお婆さま、大勢で押しかけまして」

リポーターが代表して詫びた。だが、何ごとが起きているか分かるはずもない千代子が、惚けた顔を向けている。ベッドから出られないのは知っている。なので、上半身を起こしたままでのインタビューを試みていた。まともな受け答えも、できないことも知っている。それは、リポーターの腕がカバーするという。ただ、ご機嫌のよい顔をしていてもらえば、それで充分との要望であった。それだけならば、任三郎が千代子の顔をスマイルにさせることはできる。

「こんにちわ、お婆さま。女性にお齢を訊くのは失礼ですが、今おいくつになられました？」

千代子の顔に、耳を傾けて質問をする。

「………」

口をもぐもぐさせているのは、千代子に大好きな黒飴(あめ)を舐(な)めさせているからだ。ご機嫌もいいし、何かしゃべっている感じにもなる。いい絵が撮れると、カメラマンも張り切っていた。

「えっ、百三十六歳ですか。私よりも、百歳もお齢が上なのに、こんなにお元気です。すごく、感動しました」

これは、リハーサルである。

千代子が寝ている『快適健康　お目覚めベッド』は、寝たきり介護用でかなり改良された優れものである。

朝は定時になるとベッドのセンサーが働き、血圧や体温などを測定し、体調を家族に報せてくれる。そして、排泄や体に異常が生じると、任三郎や伴子に報せる機能がついている。千代子のベッドは寝たきり老人用のもので、さらにハイクオリティの機能が備え付けられている。

「さて、本番にまいりましょうか」

リハーサルが済み、スタジオの進行を見ながら、若いＡＤがサインを出している。こんな連携プレイを見るのは、任三郎は初めてである。好奇な表情で、制作現場を見やっていた。

ＡＤが、本番五秒前を出している。〈リポーターの高宮さん……〉と、スタジオからの呼ぶ声があった。それと同時であった。ベッドのセンサーが働き、スピーカーから音声が聞こえてきた。普段は音量を低めにしてあるのだが、その日はたまたま高音にセットされていた。昨日、新聞記者にベッドの機能を説明した時にいじくり、そのままになっていたのだ。

『トイレです　トイレです』と、二回繰り返される。「何か臭いますね」と、ＡＤが言ったところに、伴子が駆け込んできた。

「映さないでください」

テレビカメラを向けるクルーを、慌てて止めに入った。

「あたしの、人としての尊厳を傷つけないでくださいと、お義母さんが言ってます」

伴子が、千代子の代弁をした。

「年老いたって、女性ですから。ごめんなさい、外に出ていただけますか」

テレビクルーを、部屋の外へと出して伴子は下の処理に当たった。

テレビ画面の向こう側には、数百万人がいる。テレビがCMを流している最中に、スタジオとの打ち合わせはできたようだ。

夏美と綺宙が、早くCMが終わらないかと、テレビに釘付けになっている。

「ママー、プリンがたべたーい」

CMはちょうど、子供がおいしそうにプリンを食べているところを映し出している。その後、十五秒スポットが二本入り、画面はスタジオに切り替わった。

「ママ、おばあちゃんじゃないの?」

千代子ではなく、番組のMCが映っている。

〈どうやら、映像がつながらないようです。百三十六歳になられたご長寿の女性の、お元気なお姿をご覧になれないのがすごく残念です。それは、次の機会とい

うことで……ここで、新しいニュースが入りましたのでお報せします。アメリカ大統領が、声明を発表し……〉

千代子の紹介は打ち切られ、番組は別の話題へと飛んだ。そこで夏美はテレビを消した。

結局、冒頭に家の外観がほんの少し、画面に映し出されただけであった。

テレビクルーが引き上げ、家の中は静かになった。

「なんだか、俺んちが恥を掻いたようなもんだな」

リビングでテレビを観ていた富二夫が、大笑いをしながら言った。

しかし、それからというもの新聞を読んだ、テレビを観たとで来訪や電話がひっきりなしにあった。

中には、まったく知らない人から〈お婆さまの長寿にあやかりたいから、ぜひ会わせてください〉と、どこで番号を調べたのか分からない電話もかかってくる。

「〇〇教の者ですが、ぜひお婆さまのご尊顔を拝ませてください」

お数珠を手にして、面会を求める宗教家もあった。ほかにも、超高齢者の援護活動をする市民団体や、介護派遣会社の営業も訪ねてきた。夕方には、外壁に備え付けられている郵便受けに、葬儀社や霊園案内のチラシがかなりの数、投函されていた。

「縁起でもねえ……」

と、任三郎は片っ端から破り捨てる。そして、その日の夜のこと。まことに珍しいことが、桜田家で起きた。

朝昼晩、同じ屋根の下に住んでいて、滅多に同じ食卓に座ったことのない孫の翔太が、任三郎と向かい合っている。

「じいちゃん、今ネットで曾ばあちゃんのことで大変なことになってるよ」

千代子からすれば、翔太は曾孫にあたる。髪の毛は耳が隠れるほど伸ばし、髭で顔半分が隠れている。それでも、目には正気が宿っていると、任三郎は少し安心をしている。

「なんだ、大変なことって？」

「放送事故が起きたとか、なんとか……」

「どういうことだ？」

「テレビの画面はＭＣを映してるんだけど、音だけが漏れて聞こえてきたって。ユーレイノイズってやつかな」

スタジオと現場の切り替えの時の、滅多にない手違いで生じる現象らしい。ユーレイノイズなんて言葉は聞いたことがない。どうやら、最近できた言葉のようだ。

技術が格段と進歩した今だけに、そういう類の放送事故を目敏く探し出し、ネット炎上させるのが当世の流行であった。

「どんな音が聞こえたって？」

「なんだか、トイレがどうとかこうとかって。それを聞いた奴がいて、ネットで流してるんだよな。それが拡散して『お気楽ネット』や『おもろいチャンネル』なんかで、書き込みがわんさと入ってる」

「そんな、くだらないことでか？」

任三郎にとっては、取るに足りない些細なことである。

「それが、くだらなくはないんだよな。放送事故ってのは滅多にないことなんで、そんなちょっとしたミスでも、俺が見つけたって大喜びする奴がごまんといるのさ。だけど、今回の曾ばあちゃんの場合は、下のネタがおまけに入ってる貴重ものだ。そういうのが大好きなんだよ、奴らは。テレビ局への、おちょくりだけじゃないんだよ」

翔太の話に、任三郎は胸に不快感がこみ上げてきた。その書き込みというやつの内容が、おおよそ想像はつく。

「書き込みは『クソババアなんかは、早く死んじまえ』とか『いつまで生きてるんだ』って、口汚く罵るのばっかりで、酷いもんだよ。だから、ボクも入れてやった」

「なんてだ?」

「そういう奴らには、こう言ってやると効くんだ。『百三十六歳の世界を見られるなんて、うらやましいよな』って。ああいう奴らはむしろ、自分にはマネのできないことを妬んでいるんだ。それだからちょっとしたしくじりを見たら、人を蔑むことしか能のない、かわいそうな奴らさ。今まで、日本で百三十六年以上も生きた人は、五人しかいないんだろ。奇跡ともいえるほどの貴重な体験だもの、ボクだって曾ばあちゃんがうらやましいさ」

翔太の話を聞いていて、任三郎はふと思った。

——この感性は、たいしたものだ。

これまで部屋で引きこもっていただけの、どうしようもない孫だと思っていたのだが。

「ところで翔太は、普段は部屋の中で何をしてるのだ？」

ちょっと見方を変え、真面目に向き合ってみようと、任三郎はその気になった。

「今は、まだ言えない。だけど、爺ちゃんに負けないようなことをしている」

「オレに負けないって、どういうことだ？」

「今、じいちゃんはみんなに内緒にしてることがあるでしょ」

「内緒のことなど、いくつもある」

「その中でも、飛び切りの……」

うっすらと笑いを浮かべて、翔太が言う。髭の中に顔が隠れているので、喜怒哀楽が分かるのは、目の表情からだけである。それでも、翔太が笑っているのを見たのは、任三郎にとって久しぶりのことであった。

「翔太、もしかしたら知っているのか？」

「うん。大きい封筒が、階段のところに置いてあるのを見た。『今戸川賞』応募作品在中って書いてあったから」

創談社に封筒で原稿を送ろうとしたとき、忘れ物を思い出し部屋に戻った。そのとき、階段のところに置いたのを翔太は見たとのことだ。

「この時代、封筒で原稿を送るなんて人はほとんどいないだろうけど、じいちゃん凄いなって思った。書くのもえらいけど、それを応募しようって気持ちが凄い。しかも、それが最終選考に残ったんでしょ」

「えっ、どうして知ってる？」

「もしかしたらと思って、創談社の『読物ランド』をパソコンで調べたんだ。そしたら、今戸川大賞のところに……」

「オレの名が載ってたってのか？」

「最終候補の、太字でだよ。五人のうちの一人に入っていた」

大賞の発表は、二十日後だという。この二十日間を、どうやって過ごそうかと任三郎は考えていた。

「ボク、じいちゃんを見直しちゃったよ」

孫の翔太から、これほど褒められたのは初めてである。それと、こんなに面と向かって話したことも。それを思ったら、名誉や賞金よりも遥かに得難いものを手にしたような心持ちの任三郎であった。

「ありがとよ。翔太からそう言われるのが、一番うれしい。この齢まで生きてきて、本当によかった」

任三郎の細い目に、光るものが溜まっている。

「だが、翔太。このことは、まだ黙っててくれないか。なんでかっていうと、落ちたとき、みっともないだろ」

「みっともないなんてことは、絶対にないと思うけど。それでもじいちゃんが黙っていろと言えば、ボクは内緒にしておく。だけど、もう候補者が発表されてるからな」

翔太の目が細くなり、憂いを覚えているようだ。その意味が、任三郎にはつかめなかった。

五

翔太の憂いは、その翌日にあった。

任三郎にとって、煩わしいと思えることが、この日の朝から起きた。まずは、倅の太一郎である。

「親父、えらいことをやってくれたな」

昨夜は顔を合わせていない太一郎が、朝餉の食卓に座る任三郎の顔を見るなり、興奮気味に切り出した。

「なんだい、えらいことって？」

新聞を読みながら、任三郎は惚けた。

「親父はいつ、小説なんて書いてたんだ？」

自分の道楽を、いちいち人には話していない。それを知っているのは、妻の伴子だけであった。

任三郎が本格的に小説を書きはじめたのは、このままだと老け込んでしまうと、五年前に伴子の勧めもあったからだ。そのとき通っていた小説講座には三度ほど行き、執筆の約束事だけを習ってやめた。それからはコソコソと、自己流ながらもいくつかの作品を書き上げてきた。だが、これといった作品がなく、実力の限界を感じていたところで思いついた作品が、五年前の出来事をモチーフとした『明日にある恐怖』という題名の、推理小説であった。

「いつだって、いいだろ」

任三郎の、太一郎への答はぶっきらぼうなものであった。もしや翔太が、太一郎にしゃべったのではないかと、語調にその疑いが生じた。

「これを見なよ」

と言って、太一郎は四つ折りの紙をテーブルの上で開いた。それは、電子版文芸雑誌『読物ランド』の見開きをプリントアウトしたものであった。任三郎は心の内で、疑ってすまなかったと、翔太に詫びた。

「おふくろ、知ってたか？」

キッチンで朝餉の用意をする伴子に、太一郎が声をかけた。百一歳の母親に飯を作らせふんぞり返る息子に、いつも説教をしてやろうと思う任三郎であった。しかし、それは伴子自身から止められている。「——あたしだって、何もしないでいたらすぐに足腰が立たなくなって、頭もボケちまうからね。人ってのは少しくらい、煩わしいことがあってちょうどいいのよ」と、以前に言われたことがある。伴子の、元気の源だとすれば、任三郎からは何も言えない。

「知ってたかって、何をだい？」

タオルで、濡れた手を拭きながら伴子が近づいてきた。

「これを見てみな」

太一郎が、伴子の目前に紙面を差し出した。「ちょっと、待ってな」と言って、伴子はモジバイルーペをかけた。

「すごいじゃない、あんた」

ルーペの奥から、見開いた伴子の驚く目があった。

「なんだ、おふくろも知らなかったのか？」

「小説を書いてたのは知ってたけど、ここまでとは。何も言わないんだもの」

やがて、太一郎の妻である美砂代も加わり紙面を読む。

「お義父さま、凄い。こんなえらい父親をもったというのに、どうして……」

美砂代の感想は、そこで止まった。その先を口にすると、この場で夫婦仲は完全に崩壊すると自重したようだ。やがて、兄の富二夫と孫の夏美にも紙面を読まれ、家の中がざわつきはじめた。


ざわつきは、家の中だけではない。

道端に車が縦列して止まり、玄関先は人でごった返している。昨日来た、テレビ局のリポーターの顔も見える。一昨日来た、報日新聞の記者鳥井とカメラマンの篠山も、その中にいる。みな、任三郎を目当てに来た報道人たちである。

その日から、任三郎は『時の人』となった。

『九十九歳の新人作家誕生！』

大見出しで、翌日の新聞に載る。

――まだ、作家になったわけではない。

一冊も本を出してない作家がどこにいると、新聞に載った自分の記事に、任三郎は憤慨する。

テレビでは、桜田家の外観が映し出されている。

〈この家の中に、百歳で小説家デビューを果たされました先生がおられます〉

と、各局のリポーターたちがマイクを手にして語っている。

「まだデビューはしてないぜ。それと、まだ百にもなってない。それにしても、ちょっとまずいことになってきたな」

自分の家が映っているテレビを観ながら、任三郎は独りごちた。

〈桜田先生にお話をうかがいたいのですが、照れなされるのか、お顔を出していただけないもので〉

リポーター高宮の困り顔が、アップで映り出されている。

「困ってるのは、こっちのほうだ」

綺宙が幼稚園にも行けないと、夏美が嘆いている。

「これじゃ、外に出られんし、それと近所にも迷惑だ」

一歩外に出ると、囲み取材というのをされそうだ。任三郎自身も、健康のために日課としている散歩にも出ていけない。どうしようかと考えていたそこに、創談社の松村編集者から電話がかかってきた。

〈桜田さま、困ったことになりました〉

どうやら困っているのは、桜田家だけではなさそうだ。

「どうかなされましたか？」

〈桜田さまの本はどこに売ってるのだと、電話が殺到してまして。まだ、大賞にもなっていないのに、本は刷れません〉

デビューをしていないので、先生という敬称はつかない。しかも、この創談社では、大賞以外の佳作は出版しないという、昔からの不文律があった。それは、今戸川賞の権威を高めるためだとされている。

「ならば、大賞にすればいいのでは？」

任三郎が、ドサクサ紛れで言った。

〈そういうわけにはまいりませんわ〉

紙面には、候補作のタイトル名と作者の名が連なって載っている。とりわけ目を引くのは、桜田任三郎の下につく（99）という数字である。それがなければ、これほどの騒ぎにはならなかったであろう。

「やたら、齢なんか載せるからこんなことになるんだ。まったく、うちでも困ってるんだよ」

〈あら桜田さま。弊社が悪いようなことをおっしゃいますのね〉

嚙みついてくるような、松村編集者の口調であった。

「べつに、おタクが悪いと言ってるんじゃないよ。誰かが勘違いをして、九十九歳だけを独り歩きさせたようだ。まだ、候補の段階だっていうのに」

〈いずれにしても弊社では、大賞選考会まで静観します。どんなに話題になりましても、弊社では大賞以外は出版しませんので予めご了承ください〉

本を出してやるといった、上からの目線がもろに表れている。それが、売れる作家だったら、百八十度態度が異なる。それこそ、家の大掃除から引越しまで出版社が競って手伝いにくると、任三郎は聞いたことがある。

――大賞さえ取れれば、目線がひっくり返るんだろうな。勝てば官軍ていう世界は、ここにもあったか。

「分かりましたよ」

任三郎が返事をするまでもなく、電話は切れていた。

マスコミに載ったおかげで、この騒動は至るところに飛び火する。

この日は、朝から固定電話がよく鳴る。いずれも登録のない電話番号ばかりである。しかし、その中に重要な用件が交じっているかもしれないと、拒否することなく任三郎は電話に出ることにした。

疎遠であった旧友が、おめでとうと言ってくるのもあれば、多くは得体の知れない業者からのものである。

〈テレビで拝見しましたが、そろそろ家の外装を塗装し直されたらよろしいかと思いまして……それと、雨樋も一部破損が見られます。それを放っておきますと……〉

たとえば、そんな言葉でリフォーム業者が営業を仕掛けてくる。大賞で得た、賞金の一千万円が目当てのようだが、生憎とその候補に挙がっているだけである。落選したら、一円の価値もない作品なのである。

「うちは、知り合いの業者さんがおりますので」

と断るも、そんな電話がひっきりなしにかかってくる。それだけでも、煩わしいものがある。

友人、知人、遠い親戚と名乗る人たちからの電話である。ほとんどが忘れたか、見も知らずの人たちからであった。どこでどう、電話番号を調べてくるのか。薄気味悪さの元を調べてみると、今や個人情報はダダ漏れしているのが現状である。ちょっと端末で調べれば、プライバシーは丸裸の状態であるという。ネット社会の汚点として、社会問題にもなっていた。

「……まるで、宝くじにでも当たったようだな」

任三郎が苦笑いをする最中、その電話がかかってきた。

「もしもし……」

子機の受話器を耳に当て、声をかけても返事がない。いたずら電話かと舌打ちをし、任三郎が切ろうとしたところで耳に触れる声があった。「もしもし……」と聞こえるが、その声は小さい。それは、受話器を耳から離していたからだと任三郎は再び耳にあてた。

〈お父さまですか？〉

それは、女の声であった。女から、お父さまと呼ばれる覚えはまったくない。いたずら電話だとしたら、相当に性質(たち)が悪い。

「ワタシには、女の人からお父さまと呼ばれる筋合いはない」

任三郎は怒りがこみ上げ、感情を口調に表した。

〈申しわけございません。私、修二(しゅうじ)の妻で明美(あけみ)と申します〉

啞然とし、言葉が出なくなったのは任三郎のほうであった。

〈もしもし……聞こえておられます？〉

「あっ、ああ……」

惚けた声が、任三郎の口から漏れた。

修二とは、任三郎と伴子の間に生まれた次男の名であった。つまり、太一郎には二歳下の弟がいたのである。

比較的穏やかな家庭であった桜田家に、どこをどう足を踏み間違えたか、悪童が一人育った。修二は幼いころよりきかん坊で、中学生になると不良グループを率いて番長を気取り、悪さの限りは半端でなかった。そして、今から五十年ほど前のある日、修二が十八歳になったときにふらりと家を出て、以来プッツリと音信は途絶えていた。その後消息を探ると、暴力団の組事務所に出入りしていることが知れた。それを機に、任三郎は修二とは縁を切った。

そんな次男がいたことを知っているのは、任三郎夫婦と太一郎、そして富二夫だけである。桜田家の汚点として、一家は沈黙を決め込むことにした。どんなに明るく振舞う家庭でも、一つや二つは暗い影というのは間違いなくある。そんな黒歴史が、桜田家にもあった。任三郎が、赤の他人には絶対に語れぬ、禁忌であったのだ。

長い年月が、修二の存在を徐々に忘れさせていった。

そして五十年が過ぎた今、修二の妻という女からの、いきなりの電話に任三郎は驚き、たじろいだのであった。

「修二は、生きているので？」

咽喉から絞り出すような声音で、任三郎は問うた。

〈はい……〉

と言ったきり、明美という女の声は止まった。

「どうかしたので？」

重苦しい間に耐え切れず、任三郎のほうから呼びかけた。

〈申しわけございません。この電話は、修二から頼まれたもので〉

さもあろう、桜田家の電話番号はずっと変わってはいない。修二なら、それを憶えているはずだ。

「ならば、なぜに修二が電話をしてこない？」

〈自分が出られる筋合いではないとか言ってまして。それと……〉

またまた明美の言葉が途絶えた。

「それと、どうかしたのか？」

〈今、気落ちして寝込んでおりまして。それよりも、一言修二からの伝言を。このたびはおめでとうと、一言伝えてくれと申しておりました。それと、これまでかけた不幸の数々をお詫びしたいと……〉

「寝込んでいるってのは、病気か何かか？」

〈先日、体に変調をきたし、病院で検査を受けましたところ……末期癌と診断されまして〉

今は、癌はほとんど征服できる時代となっていた。化学や薬事療法が発達し、かなり進行していても死亡率は格段と減り、以前ほど怖い病気ではなくなっている。だが、レベルⅣより重い末期となれば、完全寛解を望むまでには至っていない。

〈お医者さまの診断ですと、余命半年あるかないかと。そんなになるまで、放っておいた修二が悪いのです。もう半年も生きられないと知って、気落ちしたまま亡くなるか、余生に生きる糧（かて）を見出すか、あとは本人次第だと思ってます〉

「そうだったのか」

縁を切ったとはいえ、実の子である。任三郎は、無性に修二と会いたくなった。

〈お父さま、もしよろしければ修二と会っていただけないでしょうか？〉

任三郎が言わなくても、切り出してきたのは、明美のほうからであった。

〈修二は会いたくないと言ってますが、これは私の一存です。今はヤクザから足を洗い、真っ当な生き方をしています。どうかお父さま、修二が存命のうちに顔を合わせて……いただけませんでしょうか？〉

あとの言葉は、絶句の中から絞り出てきたような声音であった。

「住んでいるところは、今どこなのだ？」

〈K市の小仙波(こせんば)というところです〉

明美から詳しい住所を聞いて、任三郎はそれを書き取った。

「なんだ、ずいぶんと近いところにいたものだな」

K市は、荒川(あらかわ)を挟んでS市の西側に位置する。車で行けば四十分ほどのところであるが、任三郎たちにとって五十年の歳月は、遠い隔たりであった。

「だったら、今すぐにでも会いに行く」

任三郎は、居ても立ってもいられない衝動に駆られた。

六

電話を切ると同時に、伴子が近づいてきた。

「長い電話だったけど、誰からだったんだい？」

任三郎は、伴子に話していいかを迷っていた。いきなり修二の妻からだと言ったら、卒倒しかねない。いくら健常といっても百一歳を超えているのだ。いきなり我が子が見つかったとあっては、心臓にかなりの衝撃となろう。高齢者には大きな負担であることを、任三郎は案じた。

「どうしたんだい、そんな難しい顔して？」

すぐに答の出ない任三郎に、伴子の怪訝そうな顔が向いている。兄の富二夫の件では、その妻であった桃代と罵り合った女である。その気丈な顔を見て、任三郎は心を決めた。

「実はな……驚くんじゃねえぞ」

それでも語る前に、ワンクッション入れた。

「この齢になって驚くことなんかないさ。いったい、何があったってんだい？」

「電話の主はな、修二の妻だと言ってた」

「なんだって！」

家中に、轟き渡るほどの、伴子の驚愕だった。その声を聞きつけ、まずは富二夫がリビングへとやってきた。

「大きな声が聞こえたけど、何があった？」

修二のことに関しては、いくら兄でも語りたくはなかった。むろん富二夫も、甥である修二の存在を知っている。だが、その安否に関しては、これまで一度たりと訊かれたことがない。名すら触れたこともなく、修二のことにはまったく無関心であった。甥にヤクザがいたことを、忘れたかったのであろう。

「いや、兄貴には関わりのないことだ。ちょっと伴子と話があるんで、自分の部屋に行っててくれないか」

これから伴子と話すことに、富二夫の耳は邪魔であった。

「なんでい、冷てえ奴らだな。こんな家、早く出ていきてえけど、これから寒くなるしな。しょうがねえから、いてやるか」

相変わらずの悪態を吐いて、富二夫は自分の部屋へと戻った。そして、次にやってきたのは、綺宙を連れた夏美であった。

「お婆ちゃんの声がしたけど、何かあったの？」

「きそら、おどろいちゃった」

「大きな声を出して、ごめんよ」

綺宙に向けて謝ったのは、伴子であった。夏美は、叔父にあたる修二の存在は知らない。親の太一郎からは、弟修二の存在は一度も語っていないと言われている。妻である美砂代に対しても、然りである。それほど修二のことに関しては、桜田家にとっては身内であっても口にしてはならないタブーであった。

「なんでもなかったみたいだから、お部屋に戻って遊んでましょ」

「うん」

綺宙の手を引き、夏美も部屋へと戻っていった。もう一人、翔太が二階にいるが下りてくる気配はない。

伴子の驚きは、いっときのことであった。やはり気丈な女だと、任三郎は自分の取り越し苦労を知った。リビングのソファーに座り、任三郎は電話の件を伴子に語った。

「オレはすぐにも、修二のもとに向かおうと思っている。おまえはどうする？」

「そりゃあたしだって、すぐにも会いに行きたいさ。でも、お義母さんのこともあるしね」

　千代子のことを、嫁である伴子が気遣った。いつ急変してもおかしくない齢である。それと、身の回りの世話もある。伴子か任三郎の、どちらかが必ず家にいなくてはならない。富二夫や夏美や翔太には、任せられないのが辛いところである。

「すまねえな。おまえばかりに、負担をかけさせちまって」

「今さら、何を言ってるんだい。そんな優しい言葉、初めて聞いたね。かえって、気持ち悪いってもんさ。そんなことより、どうしようか？　あたしだって、修二とはすぐにでも会いたいよ」

　伴子の声が、くぐもって聞こえる。五十年も音沙汰がなかったとはいえ、自分の腹を痛めた子である。いくら不肖な息子とはいえ、会いたくないという親はいない。しかし、義理の母の面倒も見なくてはならない。

「でも、きょうはあんた一人で行ってきてくれないかい。その様子によって、あたしも会いに行くよ。それに、急に二人で駆けつけちゃ、修二も驚くばかりだよ。癌に侵されてんだろ。そんなんで、体に障っちゃいけないだろうしね」

「そうだな。驚くと、体に響くかもしれねえ」

「あたしだって、いきなり修二と会っちゃその場で卒倒しかねないよ」

伴子の口から出てくるのは、気丈な言葉ばかりであった。伴子の気持ちが、任三郎には痛いほど分かる。心の中で『すまない』と詫びた。


今日のところは、任三郎一人で出向くことにした。

表通りに出れば、タクシーが拾える。五十年ぶりに倅に会いに行くのに、それだけの散財は惜しくない。任三郎は急いで着替え、外に出ようとした。

だが、問題が一つある。限りなく百歳に近い人間から、一言コメントを取るのが目的で、外には取材陣が待ち構えている。

「ならば、世間にこの皺面をさらしてやるか」

任三郎はゆっくりと玄関のドアを開け、外の様子をうかがった。

「おっ、ドアが開いたぞ」

声が聞こえてきたのを機に、任三郎はドアを大きく開いた。

「きのうおうかがいした、『朝ダネワイド』のリポーターの高宮です。一言、よろしいでしょうか?」

もう番組は終わっている時刻である。明朝放送のための、録画撮りのようだ。

その他のテレビ局スタッフや新聞、雑誌記者など十人ほどに任三郎は囲まれた。芸能人なら記者会見となるのだろうが、任三郎は一般人である。そんな大仰なことはできないと、普段はかぶらぬ帽子を目深くさせていた。

「今、超ご高齢者のお方は、桜田さまの生き方に励みをもっておられます。そのようなお方に向けて、何か一言お願いします」

高宮が、記者団を代表してマイクを向けた。

「まだ、大賞を取ったわけではないですから。どうぞ、静かにさせていただけませんか？」

「これほどの長寿社会の中で、桜田さまのお宅にはもの凄いお方がお二人もおられます。百三十六歳のお母さまと、これから文壇にデビューなされるお子さまです。これから、ご一緒のところを撮らせていただいて、よろしいでしょうか？」

六十歳以上もの年下から、お子さまなどと言われたくない。だが、任三郎はそのことを指摘しないで黙っていた。これから任三郎は、出かけるところだ。先を急ぐと、その言い繕いは考えてある。

「申しわけないが、知人が危篤状態と連絡が入った。これからすぐに行かなくてはならないんだ。申しわけないが、帰ってからにしてもらえないか？」

むろん修二のことは言わず、方便でもってこの場をかわす。

「何時ごろお帰りで？」

「そりゃ分からんよ、きみ。相手があることだしね」

他人の生死より、自分らの都合のほうが大事かと、任三郎はいく分ムカッとした。

「でしたらお急ぎでしょう。車がありますから、そちらまでお送りしますよ」

送迎を買って出たのは、報日新聞の記者である鳥井であった。

「あんたも、一日中こんなところに張り付いているのかい。ヒマでよろしいねえ」

任三郎が、苦笑いを浮かべながら皮肉った。

「いえ。今の桜田さんから取れるコメントは、世の中の多くの人の励みにもなります。桜田さんが思っているほど、くだらない話題ではないのです。そうでなければ、これほど取材陣は集まりませんよ」

鳥井の言葉で、任三郎は自分たちの存在価値を感じ取り、冷水を浴びせられたような心持ちとなった。それと、片道だけでもタクシー代が助かるのはありがたい。鳥井の言葉は、任三郎にとって渡りに船であった。

「だったら、お願いするか。ちょっと、遠いけどいいかい？」

「日本中、どこへでも」

「それほど遠くはないが、だったらK市の小仙波ってところまで」

「そこでしたら、ここから四十分ほどで行けますね」

社用か自家用か分からない普通車のドアを開け、任三郎を後部座席に座らせた。横に鳥井が座り、運転はカメラマンの篠山が請け負った。この二人は、いつもセットで動いていているらしい。

車が動き出してすぐに、鳥井の取材がはじまった。

「桜田さんが、まさか小説を書いているとは思いませんでした」

「申しわけないが、それは戻ってから皆さんの前で話をする。今は知人のことで頭が一杯なんだ」

修二と顔を合わせたとき、最初に口にする言葉を任三郎は考えていた。

「それは、申しわけございませんでした。さぞや、ご心痛でございましょう」

危篤状態というのは方便である。それだけに、任三郎の気持ちは重くなった。

「それにしても、モンスター老人ってのは……いえ、皮肉ではなくそれだけ凄いという敬意を込めての言葉です。今、そのモンスター老人の特集を、弊紙では企画しているところなのです」

　黙っていてくれと言っても、鳥井は話しかけてくる。任三郎は、話を聞くまでもなく外の景色を眺めていた。

「青崎おさむって、プロゴルファーを知ってますか？　四十年ほど前までプロツアーで活躍し、六十五勝した選手です」

　いきなり鳥井の話はゴルフの話題に触れた。どうしても、任三郎のコメントを取ろうと必死である。

「ああ、知ってるよ」

　ゴルフなら、任三郎もかなりカネをつぎ込んだものだ。青崎おさむは、プロゴルファーの大スターである。アメリカのツアーでも、三勝した選手であることは知っている。しかし、そんな話題につき合うほど、任三郎の心境は穏やかではない。

「その青崎選手が、シニアでも大活躍してまして」

「へえ……」

　送ってもらう恩義もある。青崎おさむのことなどどうでもいいと思うものの、まったく無視はできない。仕方なくも、生返事だけはする。それでも、鳥井は話しかけてくる。

「その青崎おさむが、先だってのシニアオープンで、トップ10に入りまして……九十歳にもなる人が、今でもドライバーで250ヤードも飛ばすのですから」

「そうかい、そりゃよかったな」

そんな話は、どうだっていい。少し黙っていてくれないかと願う任三郎であったが、鳥井のほうも仕事である。生半可な答だけは返してやることにした。

「それにしても、人間というのは、どれだけ能力が備わっているのか分からないですね。シニアオープンの四日間、ずっと毎日ご自分の年齢より20打も少ないスコアで回っていたのですから驚きです」

自分の年齢よりも少ないスコアで回るのを、エイジシュートという。素人では、一回でもそれができるだけで相当な腕前だ。

「そういう偉いお方と一緒の紙面には、いくらなんでもオレを載せられないだろうよ」

答にあまりつれないのも、送ってもらう手前申しわけない。任三郎は、まともなコメントを返した。

「とんでもない。そりゃ、青崎選手も凄いけど、桜田さんもたいしたものです。

九十九歳になって長編小説を書き上げ、それが今戸川賞の最終候補にエントリーされている。それこそ、快挙でなくてなんであります？」

「だが、大賞になってない。あの出版社は、落選した作品は出版しないことになっている」

「そうらしいですね。ですが、うちも書籍出版する別会社があります」

『報日出版社』という会社も、出版業界では大手である。そこから本が出せるとなれば、これもまた大変冥利なことである。

「そこが、桜田さんを放ってはおきませんよ」

「というと……？」

任三郎の、食指が動いた。

「佳作でも、優れた作品はたくさんあります。それを出版しないってのは、創談社の意地というか、亡くなって百年以上にもなる今戸川焔光への敬意なんでしょうな。それを意に介して、他社もその作品には手を出さないことになっている。それが、業界の不文律なんです。ですから、今戸川賞の大賞になるってことは、それはもう口では言い表せないほど大変なことなのです」

それこそ一か八かの文芸賞なのである。天国に上れるのは、たったの一人。あとはみな、地獄へと追いやられる。それを承知で、小説家を目指す者は挑戦する。

「落ちても落ちても、諦めることなく応募する。そんなんで、佳作に残る人の作品というのは、どれも素晴らしいできなのです。候補にいく度選ばれても、最終で落ちてる人は、必ずどこかでデビューができます。自然とそれほどの筆力が身についていますから、下手なプロの作家より、遥かに優れた作品が書けるのです」

　鳥井の言うことも、任三郎にとって励みになる。

「ですから、この度の作品がたとえ落ちたとしても……いや、すみません余計なことを」

「いや、いいんだ。それで……？」

「たとえ落選したとしても、桜田さんの名声は消えるものではないです。ほかに書いた作品がございましたら、ぜひ報日出版のほうにいただければと思ってます」

「……ほかの作品かあ」

　任三郎は、外の景色を眺めながら呟いた。自分では、最終候補に残ったのは、完全にフロックと思っていた。ほかの作品はどれもみな、自分でもつまらないものばかりと自覚している。

車はいつしか荒川を渡り、K市に入っている。小仙波町は、今走っているバイパス沿いにある。番地をナビに登録してあるので、目的地へはすんなりと行ける。

〈まもなく到着します〉

と、音声が教えてくれた。

新河岸川沿いの、小さなアパートの前に車をつけてもらい、任三郎だけ降りた。鳥井は待っていると言ったが、それが気になり修二との話が落ち着かなくなる。

「きょうは、泊まりになるかもしれない。なので、戻って取材の方たちに告げてくれないか。今夜は戻らないかと……」

「かしこまりました」

「何か話すことがあったら、真っ先に鳥井さんに報せるよ。きょうは、ありがとう」

体よく鳥井たちを帰すことができた。任三郎は、その車が遠ざかるのを待って修二の住む家の前に立った。家といっても、そこは築四十年ほど経った、古い賃貸アパートの階段下であった。

七

鳥井の話につき合わされ、任三郎は修二と会ったときの第一声を考えそびれていた。

「成り行きにまかせるか」

独りごちて、任三郎は鉄骨の階段に足をかけた。メモには、2階3号室とかかれてある。大きく深呼吸をして、任三郎はドアを軽く叩いた。

ドアが静かに開いて、六十歳前後の女が顔を出した。ヤクザの女房というだけで厚化粧を想像していたが、思ったよりも清楚（せいそ）な感じに、任三郎は安堵を覚えた。

「明美さんだね？」

「お義父さま……ですか？」

呟くほどの、小さな声音であった。

「ああ。修二の父親の任三郎だ。入っても、いいかな？」

「汚いところですが、どうぞお入りください」

明美はドアを大きく開き、任三郎を迎え入れた。言葉にするほど、内部は汚くはない。ただ、建物が古いだけだ。通された六畳の部屋は、片づけられて、整理整頓がなされている。そんな佇まいからも、明美の几帳面さがうかがえる。

六畳二間の小さな住み処は、襖で仕切られている。玄関に近い手前の部屋は板の間で、四人がけの食卓テーブルと茶簞笥があるだけだ。その様子からは、あまり裕福な暮らしでないことがうかがえる。

「今、修ちゃん……いえ、夫を起こしてきます」

「修ちゃんと呼んでいるのか」

「はい。知り合ってからずっと……」

明美の答に、仲睦まじさを感じて任三郎の心はほっと和らいだ。明美は食卓の椅子に任三郎を腰掛けさせ、襖を開けた。

「修ちゃん、お父さんが……」

明美の声が耳に入り、任三郎はぐっと生唾を呑んだ。五十年ぶりの再会に、まだどう接していいのか考えがまとまっていない。

「親父が来たのか？」

驚きがこもる声だが、咎める様子はない。

「お義父さまも、すぐに修ちゃんにお会いしたいと……勝手に呼んで、ごめんなさい」

「いや、いいんだ。今、起きて着替える」

二人のやり取りを、任三郎は黙って聞いていた。

「今、起きてきますので、お待ちください」

「ああ……」

三畳ほどの広さの台所に、明美は茶を淹れに向かうと同時に、二つの部屋を仕切る襖が開いた。

「ずいぶんと、痩せたな」

任三郎の、第一声であった。

こんな言葉が最初に出ようとは、任三郎自身も思っていなかった。五十年前の顔が面影として残っていて、それが思わず言葉となって出たのである。それほど修二の面相は頬が削げ、剛健だった体も痩せ衰えている。その姿に、任三郎は唖然とした。

「親父も、齢を取ったな」

姿形は変わったが、親子であることを、互いはひと目で認め合った。

「ああ。来月には、百歳になる」

「新聞で読んで知ってる」

と言いながら、修二は任三郎の真向かいに腰をかけた。

明美は、二人の間に割り込むことなく、台所で控えている。

「おふくろは、元気か？」

「ああ。おまえの顔を見たら卒倒すると言って、きょうのところは家にいる。飛んでも駆けつけたかっただろうけどな」

長い年月を隔てた再会であったが、任三郎には昨日のつづきを見ているような心持ちとなった。

「あいつはオレより一つ上だから、八月に百一になった」

「おふくろには、すまないことをした」

「謝るんだったら、直接本人の前で言いな」

「ああ、そうする」

「ところで、暮らしのほうはどうなんだ？」

修二が病に侵されているのは知っているが、任三郎はその件は避けて問うた。

「なんとか、やってるさ。それより、まずは親父に謝りたい」

「今さら、謝ってもらうことはないが……」

「いや、聞いてくれ。俺は、本当に馬鹿だった」

「今ごろ気づいたか。聞いてやるから、なんでも話せ」

任三郎は、修二が語るに任せ、黙って話を聞くことにした。修二が過去を語り出す。

「家を出てから、俺は三下の部屋住みとなって組の事務所に転がり込んだ。その時、本当の親とは縁を切ったんだ」

暴力団の構成員が、修二の転落人生のはじまりであった。

「平成三年に、暴対法が施行されたあとに、ヤクザの道に入ったのだからな、俺も間抜けだよ。それから五年もして、ようやく親分から盃をもらい子分となった。そこで傷害事件を起こしてな、十年の実刑を受けたんだ」

修二が、十年もの間網走刑務所に服役していたのを、任三郎は初めて知った。

暴力団の組員となったからには、そういうこともありうるだろうとさほど驚きはしない。だが、気になったのはその罪状である。

「おまえ、人を殺したのか？」

「いや、殺しまではしていない。ただ、人を傷つけたのはたしかだ。暴対法の下では、ちょっとした傷害事件でも暴力団組員の罪はかなり重くなるからな。俺の場合は殺人未遂ということで、十年の刑だった。よかったよ、人を殺さなくて。だが、いくらなんでも懲役を受けた前科者とあっちゃ、親父やおふくろに合わす顔はなかった」

その事件以来修二は親兄弟を、そして任三郎と伴子は実の子を、忘却の彼方へと追いやったのであった。

「あんなどうしようもない世界にいては駄目だと、服役したときに足を洗う決心をした。もっとも、俺が娑婆に出てきたときは、組は解散し跡形もなくなっていたけどな。それで、俺のほうからヤクザとはきっぱりと縁を切った」

二十一世紀も半ばとなった今では、暴力団と言われる組織はほとんどなくなっている。その代わり、雨後の筍のように生まれた新たな反社会的組織が、地下で蔓延るようになっていた。

「それじゃ、その後は堅気になったってことか？」

「ああ。そんなんで、網走を出たあと俺は、本土に戻らず北海道で暮らすことにした。幸いにも、胆振の厚真町で明美の家が酪農家を営んでいてな、そこで俺は働くことにした。小さな農場だったが、ようやく落ち着く場所を見つけることができた」

「明美さんは、その農家の娘さんだったのか？」

「長女でな、そこで俺たちは一緒になった。もちろん、俺がヤクザだったことは話した。だけど、埼玉に本当の家族がいることは黙っておいた。だが、そんな幸せな生活は、五年もつづかなかった。三十年ほど前に、北海道に大地震があってな……」

　平成三十年の九月、北海道胆振東部地震が発生した。修二たちが住む厚真町は震源地にあたり、甚大な被害に遭った。家屋は崩壊し、飼っていた牛も牛舎の下敷きとなってほとんどが死んだ。

「あの地震で酪農も立ち行かなくなった。それからほどなくして、義理の父親も亡くなって再建も叶わず、俺たちは胆振をあとにした。しばらくは札幌（さっぽろ）で暮らしていたが、背中に紋々を背負ってちゃ、まともな職につけるはずもない。それから二十年、あちこちを転々として糊口を凌ぎ、そして、五年ほど前にここにたどり着いたってわけさ」

　十八歳の時に家を出て、その後の修二の生き様は知れた。自業自得とはいえ、艱難（かんなん）辛苦はやさぐれ者の掟であると、任三郎には縁のない世界でも、想像することはできた。

「子供はいないのか？」

「娘が一人いるが、今は大阪に住んで幸せに暮らしている。男の子が一人いてな、これがまた爺さんの俺に似てやんちゃでな、関西弁で悪たれを吐いてきやがる」

言いながら、修二は破顔している。任三郎からすれば、綺宙と同じ曾孫にあたる。

「そうか、その孫と曾孫ってのに、一度会いたいものだな。こんな近くに住んでいるんだったら、はやいところ報せてくれればよかったのに」

「親父とおふくろを裏切ってまで、ヤクザ渡世に身を落としたんだ、どこに合わせられる顔がある。そう思ったらどうしても、荒川を渡れなくてな。ヤクザの成れの果てなんて、所詮こんなもんよ。積もり重ねた親不幸のつけを、今は思う存分嚙み締めているところさ」

修二の顔に、五十年前のやんちゃな表情は消え失せている。親の意見に逆らった修二の怒声が、今の任三郎には懐かしく思えていた。

「体の具合はどうなんだ？　明美さんから、病気のことは聞いている」

もう、過去のことは聞かなくていい。これからを考えようと、任三郎は気持ちを前に向けた。

「医者の言うことには、あと半年持つかどうかってことだ」

「癌なんて、今は病気じゃねえぞ」

「それでも、手遅れってのはある。俺の場合は、末期もいいところだってよ」

力のない笑いを浮かべて、修二が言った。

「それで、今思ってるんだが、俺が生きられる半年の間に、罪滅ぼしがしてえ。それをどうしたらいいか、考えているんだ。そんなとき、親父のことが新聞に載ってた。俺は、凄い親父をもったのだと、生まれて初めて意識した」

「まだ、大賞を取ったわけでもないし、ちっとも偉くなんかねえよ」

「いや、ノミネートされるだけでもたいしたもんさ。できれば、五十年前に戻りてえなあ。学生時代に戻れれば、喧嘩ばっかりしてねえで、一から勉強し直せるんだが」

「若いんだから、やり直せばいいじゃないか」

言って任三郎は、ふと思った。こんなお粗末な言葉で、どれほどの励ましになるのだろうかと。

「いや、俺はもうあと半年でくたばっちまう。そう思ったら、急に心が萎えちまって、明美にもとんだ弱みを見せちまった」

「そりゃ誰だって、余命宣告をされれば意気消沈するわな」

「なあ、親父……」

「なんだ？」

「俺の励みとなると思って聞かせてもらいたいんだが、親父はなんでその齢になって、小説なんぞ書こうと思ったんだ？」

親父という言葉を連発する修二に、任三郎はようやく荒川を越えられたような気がしていた。

小説を書きはじめたのは、単にボケの予防からであった。

ただ、それを言ったのでは芸も何もない。もう少し、励みになるような気の利いた言葉を任三郎は模索した。

「恥ずかしい話、五年ほど前、オレに好きな女ができてな」

「おふくろを差し置いてか？」

実の倅に向けて語ることではなかったかと、任三郎は後悔するも修二の顔は笑っている。

「オレにだって、たまにはそんなこともあるわ。だけど、それがまた恐ろしい女でな。そいつをモデルにして書いたら、こんなことになっちまったってわけだ」

「それが、今戸川賞の候補にか。読んでみてえな、その作品ての」

「大賞を取れたら出版できるだろうが、駄目なら日の目を見ることはない、原稿はただの紙屑（かみくず）だ」

「余所では出せないのか？」

「ああ、できないことになってる」

「厳しいもんだな」

「それだけに、権威があるってことだ。ところで、明美さんが電話でこんなことを言った」

「なんて言ってた？」

「修二は、いい嫁さんをもらったもんだ。『もう半年も生きられないと知って、気落ちしたままくたばるか、余生に生きる糧を見出すか、あとは本人次第だと……』って。なかなか言えないぞ、そんじょそこらのカカア連中では」

「そんなことを言ってたか。余生に生きる糧ってな……この齢になって、しかも服役十年の前科者とあっちゃ、そんなもんなかなか見つかりはしねえよ」

「何を言ってやがる。餓鬼（がき）の時の、あの威勢のいい修二はどこに行った？」

捨て鉢な我が子のもの言いに、任三郎は父親らしい一喝を放った。

「親父に叱られてたのが、懐かしいぜ。正直いって、俺は死ぬのが怖い。往生際が悪いようだが、余命宣告をされたとき、俺はガタガタと震えて生きた心地がしなかった」

「余命宣告って、言葉がいけねえんだな。なんだか、死刑を言い渡されているようで、もっとほかに、いい言葉があろうってもんだが」

どんなに医学が進歩しても、この言葉だけは昔から一貫して使われつづけている。

任三郎が、別の言葉がないかと考える。すると、だいぶ以前に読んだ小説の一編を思い出した。三十年も前に書かれたもので、物語はうろ憶えであるがその部分だけを、鮮明に思い出した。

癌に侵された男が、余命一年を宣告されて、生きがいを見つけるために旅に出るという話である。

たしかこういう一文だった。『この残された一年が、俺の大成期間だ』と。そんな励みをもって生きていたら、それから五年も長く生きてしまった。どれだけ人生にモチベーションというのが必要且つ大切であるかを、感じさせてくれる作品であった。どうやらこの作者も、癌に侵されてあの作品を書いたらしい。

　任三郎は、修二にその件を語った。

「なるほどなあ。俺の場合なら、それは半年ってことか」

「半年って考えなくてもいいんじゃねえか。まずは、そんな期限を忘れることだ。そうだ、余命宣告に変わる言葉を思いついた」

「ほう、どんなのだ？」

「こういうのはどうだ。『人生大成期間』ってのは」

「俺の人生大成期間は半年ってか。たしかに医者からそう言われれば、なんだか生きる気力が湧いてくるな。余命半年よりも、ずっといい」

　修二の血色は、任三郎が来たときよりも遥かによくなっている。生きる望みが湧いてきたのを知って、任三郎はほっと安堵の息を小さく吐いた。

「だったら、修二も小説を書くといい。書くことに没頭してれば、世の中の雑音は聞こえなくなるし、雑念もなくなる」

「しかし俺は、文章を書くのが苦手だ。昔から勉強ができなかったことは、親父がよく知ってるだろうに」

「そりゃ、オレだっておんなじだ。だが、おまえとは違ってグレずに済んだがな。

小説の話だが、ある意味修二なら面白いものが書けるかもしれん。これまでの生き様を、そのまま書けばいいんだからな。ヤクザから足を洗い、小説家になった人は、世の中にいくらでもいるぞ」

「だけど俺は、小説なんぞほとんど読まないし、漢字も書けない」

「いいんだ、全部ひらがなでも。パソコンがみんな漢字に直してくれる。そんな操作はすぐに慣れる。なんせ、百歳になるオレだってできるんだからな」

これで、いくらかでも修二の心が動かせればいい。そんな気持ちで、任三郎は説いた。

「俺でも、書けるかなあ」

人は誰でも一冊は、小説を書けるといわれる。世の中に生きる人、全て違った人生を歩んで、それぞれみな物語をもっている。その生き様が厳しければ厳しいほど、書く素材は豊富にもっている。そんな話を、任三郎はずっと以前にあった『高齢者作家養成講座』の中で、講師から教わっていた。ただ、それが売れるかどうかは、話が別だ。

「書く気さえあれば、もちろんだ。ただし、短かろうが長かろうが、最後まで書き上げるってことが大事でな。約束事といえば、それだけだ。だから、こんなに簡単なことは他にはない。カネもかからないし、痛くも辛い思いをすることもない。ただ、徒然に頭に浮かんだことを、書いていくだけだからな」

「俺でも、今戸川賞を取れるかな？」

修二の食指が動いたようだ。

「その意気込みが、一番大事なんだ。ただし、今戸川賞は推理小説の分野だから、修二は芥山賞を狙ったほうがいい」

さらに権威のある芥山賞を、任三郎は、真面目な顔をして推した。

出版できるかどうかは、二の次だなんて考えてはいけない。まずは、そこを目標とすることだ。そして、売れなくてもいいと考えても駄目だ。必ず、ベストセラーにさせると意気込むこと。延いてはそれがドラマ化されて、映画やテレビドラマの原作にまでなると信じる。それからさらに高みを目指せば、ノーベル文学賞……そこまでは、考え過ぎであろう。

「どうだ、宝くじを買うよりも現実的だろ。だいいち、このオレだってそれに手が届くところまで来てるのだからな」

「人生をあきらめた人間にとって、ずいぶんと励みになる話だな。親父も、それに貢献できるってのは本当に羨ましい」

「一番いけないのはな修二、他人を羨むことだ。自分のことだけを考えればいいんだよ。そして辿り着くのが、人生の自己大成ってやつだ」

どこまで修二の心に響いたか分からない。「……自分は哲学者ではないからな」と呟き、任三郎はここまで語るのが精一杯であった。

「親父、俺やってみるよ。もう少し生きようって気も湧いてきた」

「そうか、そいつはよかった。そしたら後日、伴子を連れてまた来る」

任三郎が返したそのタイミングで、明美が台所から顔を出した。茶を淹れたもののお盆の上に載せたまま、ずっと話を聞いていたのだ。

「温いけど、うまい」

話し疲れて渇いた咽喉に、任三郎は一気に茶を流し込んだ。

たった一時間ほどの短い会話が、五十年という歳月の隔たりをなくしてくれた。近々伴子を交えて再会することを約束し、任三郎は引き上げることにした。

小説の執筆はともかく、あとは修二が自分でもって、どんな人生大成期間を設けるかである。それをつかんでくれと、任三郎は祈るだけであった。

八

任三郎は、一躍『時の人』となった。

母親千代子とのツーショットでは『足して235歳』と、大見出しで週刊誌にも取り上げられた。中には任三郎のことを『九十九の神』と、崇める紙面もあった。しかし、世間に騒がれれば騒がれるほど、任三郎は大きな憂いを感じていた。

「大賞を取れなければ、タダの老人だってのに」

その反動が、どれだけのものか。呟く独り言に、その気持ちが表れている。針の筵に座らされたような心境では、発表までの十数日間が、途轍もなく長く感じる。

「このままでは、心臓が押し潰されそうだな。これが、プレッシャーというものか」

齢九十九になって、任三郎が初めて味わう感覚であった。他人には、想像できないほどの重圧が、日を追うごとに老体にのしかかってくる。発表の日まで、このままでは重圧に耐えられそうもない。いっそのこと、死んで楽になったほうがよいとまで思いつめていた。

「どうしたの、じいちゃん？」

任三郎が重圧と闘っているところに、話しかけてきたのは孫の翔太であった。

先日、翔太と向き合ってから、急速に二人の距離が近づいていた。

「ああ、翔太か」

「なんだか、塞ぎ込んでいるようで元気がないみたい。そうか、プレッシャーってやつか」

任三郎の心の内を、一発で見抜いたのは翔太だけである。

「ああ、日を追うごとにいたたまれなくなってくる」

「分かるよ。ボクも今、そんな心境だから」

「翔太もか？」

「じいちゃん、ボクの部屋に来てみない」

なんと、翔太から招待された。こんなこと、今までになかったことだ。

二階には三部屋あり、千代子と任三郎と、そして翔太が使っている。そんな近くにいながら、任三郎は翔太の部屋の前に立ったことすらない。いつか部屋の中に入ってやろうとは思っていたが、その後のことを考えると二の足を踏んだ。部屋の隅に立てかけてある、金属バットが脳天めがけて振り下ろされる。想像しただけでも恐ろしいと、近づくことさえしなかった。

「そうか。中に入ってもいいのか？」

「じいちゃんだけだよ。そうだ、その前に言っとくけど、ボクの部屋の中のことは、誰にもしゃべらないでね」

いったい何があるのか、恐ろしくもあるが、楽しみでもある。年がいもなく、任三郎はワクワクとした心持ちになった。こんな浮かれた感覚になったのも、伴子との初デートでホテルに誘ったとき以来だから、およそ八十年ぶりのことだ。

翔太は、六畳間をあてがわれていた。ドアは、内側から鍵がかけられるようになっている。任三郎は、翔太がそこに住み着いて以来、踏み込んだことはない。

「どうぞ、入って……」

翔太の手でドアが開けられ、任三郎が先に入った。

金属バットなど、どこにも置いていない。そして、ゴミ屋敷のように散らかっていると思っていたが、まったくの逆である。整理整頓というより、睡眠を取るベッドとパソコンが載った机、そして壁の本棚に詰まった本以外は何もない殺風景な部屋であった。衣類は、備え付けの狭いクローゼットに収められている。滅多に外出もしないので、着る物はさほど必要なさそうだ。壁にも、若者特有の部屋のように、アイドルか何かのポスターが張ってあるかと思いきや、丸型の壁掛け時計があるだけだ。ただ、外の光が嫌なのか、真昼間でもカーテンは閉まっている。

「これが、翔太の部屋か」

「殺風景なので、驚いたでしょう」

「ああ。パソコンの、画面が大きいのにも驚いた。これで、いつも何をやってたのだ？」

こんな高価そうな大画面のパソコンを、どうして購入できたのか。そんなことさえ、同じ二階に住んでいて気づかなかった。任三郎は、ふと寂寥感を味わっていた。

「今、ボクがやってることを見せるよ」

手馴れた手つきで端末を操作すると、画面いっぱいに、なんともいわれぬ美しい絵が現れた。深い緑の森の中に、一筋の光が差込み、そこに一人の少女がたたずんでいる絵だが、木の枝木の葉、一本一枚までも緻密に表現されている。任三郎は、ひと目見ただけで、心が癒される感覚に陥った。

「きれいなイラストだな。見ているだけで心が和む……えっ、これってもしかして……？」

「ボクが描いたものだよ」

「翔太は、絵描きか？」

「イラストレーターってやつさ。でも、紙も絵の具も使わず、すべてパソコンで描くのさ。こういうのを描くのに根を詰めてると、外に出ることも忘れてしまう」

「それで、引きこもっていたのか？」

「別に、引きこもっているわけではないけど、家の人にはそう思えるんだろうな」

「だけど、なんで内緒にしている？」

「じいちゃんだって、小説をコソコソ書いてただろう。それと、おんなじだ」

「クリエーターにしか分からねえよな、そんな高尚なこと。とくに、うちの馬鹿やつらには」

共通の思いを、孫の翔太に感じ取った。

老人の口からクリエーターという言葉を聞いて、翔太の目が細くなった。髭で隠れているので、喜怒哀楽の表現は目の形でもってしか分からない。おそらく、笑みを浮かべているのだろう。

「ところで翔太は、オレと同じ心境ってさっき言ってたが、どういう意味だ？」

「ボクも今、イラスト大賞のコンペに応募しているところさ。その大賞が取れれば、一躍有名になって画代も跳ね上がる。そいつを狙っているのさ」

翔太が、イラストを描いて収入を得ていたのを、任三郎は初めて知った。

「初めてのことばかりだな、翔太のことを知るのは」

「ボクだって、じいちゃんのことを今までずっと知らなかった」

たった、五メートルも離れていないところに三十年も一緒に住んでいて、互いに干渉することもなかった。

――それよりも、オレは翔太を疑っていた。

そんな思いがよぎり、翔太の言葉に、任三郎は小さく首を振って見せた。

「ところで、画代も跳ね上がるって、翔太は金が欲しいのか？」

「それを目的としないで、どうするのさ。ただ、綺麗な絵を描いてどうですかなんてのは、芸術じゃないとボクは思ってる。金も名誉も地位も、すべて手に入れるのだと、そんな人間の持つ、ドロドロとした欲望が美しい絵を描かせるのさ。

絵を描くのが好きだからって、そんな絵描きの絵を飾ったところで、何も伝わってこない。名声は、あとからついてくるなんてのは詭弁さ。他人が言う、甘っちょろい考えだ。芸術だって格闘技と同じで、勝たなければ意味がないんだ」

翔太が、これほど熱弁を振るうとは思ってもいなかった。そして、これほど人間くさかったとは。任三郎はそれを、目を輝かしながら聞いている。

「これでもボクは、イラストレーターとしては有名なほうなんだ」

そんなことは家の者、誰一人として知っていない。それどころか、家の中の腫れ物か汚物としか思われていないのだ。

「それでも翔太は、満足してないのか？」

「この間までは、それでいいと思っていた。でも、じいちゃんの話を聞いて変わったね。同じ土俵に立ちたいと思ったのさ。それで、自分でも一番の自信作を、アメリカの新聞社が主催する『ＷＩＣ賞』に応募したんだ。その大賞を取れば、世界に飛躍できるってことさ」

「その結果は、いつ分かるんだ？」

「まだ、一月も先」

翔太も、針の筵に座らされている状態であった。同じ思いの者が近くにいれば、これほど心強いことはない。心臓の弁膜の動きが、いく分和らぐような感覚に、任三郎はなった。

「こんな思いを、翔太と共有できるなんて、オレは今まで生きてきて、本当によかった」

つくづくとした口調で、任三郎が言った。

「じいちゃん、ボクもだよ。でも、ここまで来たら絶対に大賞を取らなくては駄目だ」

さらなるプレッシャーを、翔太が与えてくれる。それは、どこか心地よい感覚に取れる任三郎であった。

「そこで翔太に、一つ願い事があるんだが」

「願い事って……？」

「ある人に、パソコンの操作を教えてもらいたいんだ。ああ、オレみたいに文章を書けるだけでいいんだ」

「ある人って、誰なの？」

「翔太の叔父さんにあたる人だ」

「そんな人がいたって、初めて聞いた」

「ああ、いろいろと事情があってな。それも、オレの大きな秘密の一つだった」

任三郎は、ここで初めて家族に修二のことを打ち明けた。しかし、翔太の顔に変化はない。ずっと、穏やかな顔であった。

「喜んでボク、やらせてもらうよ」

嬉々とした翔太の返事に、任三郎は胸をなでおろす思いとなった。


そしていよいよ、今戸川賞選考の日を迎えた。

大賞受賞の一瞬を捉えようと、玄関先には報道記者やカメラマンが待ち構えている。この日は奇しくも、任三郎九十九歳の最後の日で、それだけでもセンセーショナルである。誰しもが、任三郎の受賞を疑っていないようだ。

暮れの六時ごろに、報せが入るという。

そして、夜の帳が下りた七時には、家の外には潮が引けたように誰もいなくなった。落選者のコメントは、載せないのが記者たちの不文律であるのだ。

その時任三郎は、翔太の部屋にいた。

家族はガッカリして、誰も口を利いてくれない。こんなとき、まともに話ができるのは翔太だけだと。

「駄目だったようだ」

気落ちした口調で、任三郎が言った。

「そんなことはないよ、じいちゃん。ボクは、むしろおめでたいことだと思っている」

「なんでだ?」

「また来年という、新たな目標ができたじゃない。一度最終候補に残った人は、かなりのアドバンテージがあるというからね。また、新作で挑戦したらどうさ」

「そうだな、翔太の言うとおりだ」

「百歳を過ぎて今戸川賞を取れば、確実にギネスブックに載るね。そしたら、日本だけじゃなく、世界に名声が轟くよ。もうそんなにお金はいらないだろうから、そこを目指せばいいんじゃない。もしかしたらノーベル文学賞もありうるかも。たいして役に立たないといわれる平和賞よりも、遥かに価値があるよ。世界中の、高齢者の励みになるってね」

どんどんでかくなる翔太の話に煽(おだ)てられ、任三郎はその気になった。さて、今度はどんな物語にしようか、任三郎の頭の中はそれで一杯になった。来年は、翔太のパソコンで応募原稿を送ってくれるという。

修二もパソコンに慣れ、ようやく文字が打てるようになったと報せが来た。

『人生の大成期間』を設けるのはまだまだ先だと、任三郎と修二はさらなる高みを目指そうと、互いに励まし合った。

あとがき

平成の初期、家庭用コンピューターが普及し、元は軍事用通信で開発された、世界中に情報通信を網羅するインターネットが、一般人にも使用されるようになった。平成の三十年は、まさに人々の生活環境を一変させた時代でもあった。通信機器も手で持ち運びができる、個人用携帯電話が普及したのもこの時代である。それがさらに進歩し、携帯電話にコンピューターが内蔵され、スマホなるものが生まれた。すべてがデジタル化され、アナログは隅へと追いやられるようになった。

これから先、少なくとも三十年後は、科学の進歩はさらに目覚しいものがあろうが、人々の生活基盤すら変えた、インターネットに匹敵するほどのアイテムが生まれるとは考えにくい。

平成から令和となったそんな時代基盤の中、人々が考えはじめたことがある。それは、便利の必要性ということである。一例として、ロボットの進化は、人間に『楽』を与えてくれる反面『難』も与えてくれる。そこで考えられるのが、余剰人口である。働きたくても、人を必要とする職場がない。そのことに気づかせてくれる時代が、この先の三十年間であろう。それに気づいた世の中は、むしろアナログに立ち返る傾向になるのではないかと、筆者は考えている。

むろん、必要且つ必然的に格段の進化を求められるものもある。自動車の完全自動運転装置とか、難病を克服する医療の進歩などは、人類に欠かせない必須のアイテムである。

今後、確実にやってくると予想されるのは、超高齢化社会と地球の超温暖化である。平均寿命は右肩上がりが止まらず、男女とも百歳を超える社会がやってくる。物語は、多少デフォルメをしているも、あながち間違ってはいないだろう。長寿社会の要因の一項として、医療科学の進歩や治療薬の開発を挙げたが、もう一つ忘れてならないのは、戦後生まれの団塊と呼ばれる年齢層が、三十年後には一気に百歳に達することである。

総務省の統計によると、平成三十年の間に、百歳以上は約二十三倍に増え、七万人を超したとある。この推移を辿ると、この先三十年後には、その数十倍が予想される。なぜなら、戦争を挟んだ戦前と戦後生まれでは、人口の数に雲泥の差があるからだ。今や、七十歳以上は二千六百万人、およそ五人に一人の割合である。その内の二割が三十年後にも生存していたとしたら、五百万人という数となる。本編にある百歳以上の人数は、あながち大袈裟ではなかろう。それほどの高齢化社会に向かうことになるが、それに対して人々の生活はどう変わるのだろう。そして、人々はどう向き合っていくのだろうか。それをテーマにして、本著を書くことにした。

『おれは百歳、あたしも百歳』は、約三十年後の西暦2049年を背景にして書いたパロディである。

主人公は、昭和二十四年生まれで百歳を目前とした、超高齢の老人である。昭和二十四年は、二百七十万人も生まれた年である。ちなみに平成三十年生まれは、およそ九十二万人。その数にして、およそ三倍の開きがある。

超高齢化時代を迎えるにあたり、政府は大家族化を奨励しその補助対策を遂行した。舞台である桜田家は、その政策の上で生まれた架空の家族である。二十一世紀半ばの景色は、いったいどんなものだろう。だが、想像するに難しいところはない。現代ですでに懸念されていることが、三十年後はもっと複雑で難儀になっているだけだ。その景色を、老齢の主人公を通して九人の家族が見せてくれる。物語の中では、九人家族のうち、四人が百歳以上と限りなく百歳に近い高齢者である。周りを囲う登場人物も、ほとんどが七十歳以上の高齢者となっている。そんな環境の中、人々が陥る人間関係の歪み。そして生きる上での希望と挫折。死と向き合う年齢に達し、人々はどう生きがいを求めたらよいのか。また、死と向かい合う人の、心の葛藤。さまざまなことが、老人の心の中では蠢いている。

表現がタブーとされてきた、人の尊厳死や安楽死のことについても触れてはみたが、これといった結論が出せずに中途半端で終わってしまった。人によりそれぞれ、異なる考えを持つことに、勝手に見解を示しては無責任になるとも思えたからだ。哲学書ではないので、勘弁していただきたい。

どこにでもあるような一般家庭の生活を通して、悲喜交々を書き下ろした作品である。第一話は『老老介護』。第二話は『老いらくの恋』。第三話は『地球温暖化現象』。第四話は『生きがい』をテーマとして書かせていただいたが、伝わったであろうか。三十年後が、ずっと生きがいを求められる『不老不死』の世の中となるか、老いが負担となる『負老不死』の時代になるかは、これからの人々の双肩にかかっているといってよい。

必ず訪れる超高齢化社会を、社会問題化させてはならない。そのためには、行政ばかりに頼るのではなく、我々一人一人が手を拱いているのでもなく、どのように向き合っていくのか。そして、今の子供たちの負担を減らすためにどう対処をしていったらよいのか。このパロディを通して、考えるきっかけになっていただければ幸甚である。

沖田正午

本書は書き下ろしです。

本作品はフィクションであり、実在の個人・団体等とはいっさい関係がありません。（編集部）

実業之日本社文庫　最新刊

朝倉かすみ
ぼくとおれ
同じ日に生まれた四十男ふたりが描いた〝人生の地図〟を、昭和から平成へ移りゆく世相と絡め、巧みな筆致で紡ぐ。『平場の月』著者の珠玉作。（解説・大森望）
あ22 1

沖田正午
おれは百歳、あたしも百歳
時は二〇四九年、平均寿命が百歳を超えた日本。百歳の夫婦が百三十六歳の母を介護する、桜田家の笑いと涙の日々を描く超老後小説。これがニッポンの未来？
お6 2

沢里裕二
処女刑事　性活安全課VS世界犯罪連合
札幌と東京に集まる犯罪者たち――。開会式を爆破!?　松重は爆発寸前!!　処女たちの飽くなき闘い。豪華キャストが夢の競演！　真木洋子課長も再び危ない!?
さ3 10

小路幸也
スローバラード　Slow ballad
連鎖する事件に、蘇る絆。30年の歳月は誰を変えたのか。北千住「弓島珈琲」が舞台のほろ苦い青春ミステリー〈ダイ〉シリーズ最新刊！（解説・藤田香織）
し1 4

中得一美
嫁の家出
与力の妻・品の願いは夫婦水入らずの旅。けれど夫は……人生の思秋期を迎えた夫婦の「心と体のすれ違い」と妻の大胆な決断を描く。注目新人の人情時代小説。
な7 1

南 英男
盗聴　強請屋稼業
脱走を企てた女囚が何者かに拉致された！　調査を依頼された強請屋探偵の見城豪は盗聴ハンターの松丸とともに真相を追うが……傑作ハード犯罪サスペンス！
み7 14

吉田雄亮
騙し花　草同心江戸鏡
旗本屋敷に奉公に出て行方がわからなくなった娘たちはどこに消えたのか？　草同心の秋月半九郎が江戸下町の闇に戦いを挑むが……痛快時代人情サスペンス。
よ5 5

実業之日本社文庫　好評既刊

実業之日本社文庫　好評既刊

熊谷達也
オヤジ・エイジ・ロックンロール
大学時代以来のギターを再開した中年管理職のオヤジにロック魂が甦る――懐かしくも瑞々しいオヤジ青春小説。ロック用語講座も必読！（解説・和久井光司）
く51

黒野伸一
本日は遺言日和
温泉旅館で始まった「遺言ツアー」は個性派ぞろいの参加者たちのおかげで大騒ぎに…『限界集落株式会社』著者の「終活」小説！（解説・青木千恵）
く71

平 安寿子
こんなわたしで、ごめんなさい
婚活に悩むOL、対人恐怖症の美女、男性不信の巨乳……人生にあがく女たちの悲喜交々をシニカルに描いた名手の傑作コメディ7編。（解説・中江有里）
た81

知念実希人
仮面病棟
拳銃で撃たれた女を連れて、ピエロ男が病院に籠城。怒濤のドンデン返しの連続。一気読み必至の医療サスペンス、文庫書き下ろし！（解説・法月綸太郎）
ち11

知念実希人
時限病棟
目覚めると、ベッドで点滴を受けていた。なぜこんな場所にいるのか？　ピエロからのミッション、ふたつの死の謎…。『仮面病棟』を凌ぐ衝撃、書き下ろし！

ち12

西村京太郎
若狭・城崎殺人ルート
天橋立行きの特急爆破事件は、美由紀が店で出会った男が犯人なのか？　疑いをもつ彼女のもとに十津川班が訪れ…緊迫のトラベルミステリー。（解説・山前 譲）
に121

実業之日本社文庫　お62

おれは百歳(ひゃくさい)、あたしも百歳(ひゃくさい)

2020年2月15日　初版第1刷発行

著　者　沖田正午(おきだしょうご)

発行者　岩野裕一
発行所　株式会社実業之日本社
〒107-0062　東京都港区南青山5-4-30
CoSTUME NATIONAL Aoyama Complex 2F
電話［編集］03(6809)0473［販売］03(6809)0495
ホームページ　https://www.j-n.co.jp/
ＤＴＰ　ラッシュ
印刷所　大日本印刷株式会社
製本所　大日本印刷株式会社

フォーマットデザイン　鈴木正道（Suzuki Design）

ISBN978-4-408-55562-1（第二文芸）